En 2023,
Charleston a 10 ans !
Pour fêter cet anniversaire,
nous vous proposons 10 livres
en format poche dans des éditions
collector exceptionnelles.
10 romans qui ont fait Charleston,
10 romans que nous sommes fiers
de vous faire (re)découvrir
aujourd'hui.

Bonne lecture !

Let's swing !
10 ans

CHARLESTON

De la même auteure, aux éditions Charleston :
Le Gardien de nos frères, 2018
Sans oublier, 2019
Dakota Song, 2021
L'Amour au temps des éléphants, 2022
Le Monde d'Hannah, 2022

—

10, place des Cinq-Martyrs-du-Lycée-Buffon
75015 Paris – France
www.editionscharleston.fr

ISBN : 978-2-36812-946-3
Maquette : Patrick Leleux PAO

Pour suivre notre actualité, rejoignez-nous sur Facebook (Editions.Charleston), sur Twitter (@LillyCharleston) et sur Instagram (@LillyCharleston).

Charleston s'engage pour une fabrication écoresponsable ! Amoureux des livres, nous sommes soucieux de l'impact de notre passion et choisissons nos imprimeurs avec la plus grande attention pour que nos ouvrages soient imprimés sur du papier issu de forêts gérées durablement.

Ariane Bois

L'ÎLE AUX ENFANTS

Roman

Belfond

« Au commencement, nous sommes des enfants imaginant des fantômes qui nous effraient.

Peu à peu, au cours de nos longues vies, nous devenons nous-mêmes ces fantômes hantant les paysages perdus de notre enfance. »

Joyce Carol Oates

« Un peuple sans mémoire est un peuple sans avenir. »

Aimé Césaire

Première partie

3 novembre 1963

— Ah non ! À mon tour de jouer avec la toupie, proteste Clémence.

La petite tend une main impérieuse vers le jouet que sa sœur a fabriqué avec une graine de litchi et une allumette.

— Avance, plutôt : cette fois, je ne te porterai pas, répond celle-ci d'un air faussement sévère.

Pauline ne peut rien refuser à Clémence, c'est ainsi depuis sa naissance.

Comme chaque jour, les fillettes cheminent vers la rivière du Mât avec leurs seaux vides. Aller chercher l'eau, la rapporter sans renverser une goutte, voilà leur tâche. À la case, tout le monde travaille. Leur père coupe la canne à sucre à grands coups de sabre partout dans l'île, ne revenant que le dimanche, et en pleine saison seulement une fois par mois. À chacun de ses retours, ses mains calleuses chatouillent les filles en guise de bonjour ; et le soir, à la lueur de la lampe à pétrole, leur mère veille tard à ôter les échardes et les dards qui s'y sont nichés. Papa parle fort, aime son « rhum arrangé[1] » et dévore son assiette avant d'en réclamer une autre. C'est en tout cas l'impression des filles, qui adorent jouer sur ses genoux ou grimper sur son dos en le suppliant de « faire le cheval ».

Leur mère s'emploie comme blanchisseuse chez les riches, quand sa santé le lui permet. « Monmon », comme on l'appelle, respire mal, reste souvent couchée dans le noir, si frêle que son corps bosselle à peine la nasse lui servant de lit. Même ici, dans les Hauts, où l'air est plus frais, plus sain, elle cherche l'oxygène tel un poisson échoué au bord de la rivière. Elle se trouve à l'hôpital depuis deux semaines. Quand elle s'était plainte de maux de ventre, Pauline et Clémence avaient espéré qu'elle reviendrait avec un bébé, comme les voisines, mais le médecin avait tordu le nez, prononcé un drôle de mot, « péritonite », avant d'aller chercher une ambulance. Depuis, les filles attendent leur mère.

Par chance, il y a Gramoune, leur grand-mère, avec son visage altier raviné de rides, sa tête auréolée d'une opale noueuse qu'elle relève sur son cou, et l'odeur de beignets dont elle semble se parfumer. En cette heure, elle doit trier le riz, composer les marmites du repas du soir dans la cour, le cœur de la maison. Ce cœur s'étend au potager, où des poules et des chèvres vivent en gentils serviteurs. Aux rares moments où leur Gramoune ne s'affaire pas, elle emmène les gamines prier saint Expédit. La Réunion fourmille de petits oratoires rouges édifiés en son honneur, garnis de fleurs artificielles

1. Une préparation à base de rhum dans laquelle on fait macérer fruits, feuilles ou graines.

et d'ex-voto. On vient demander au saint un mari, un travail, un bébé ou qu'une mère époumonée retrouve la santé et revienne à la maison.

Aujourd'hui, Pauline et Clémence vont veiller à rapporter assez d'eau. Hier soir, quand la nuit s'est abattue avec sa rapidité d'ici, la famille Rivière s'est rendue à un bal-mariage. Une invitation attendue par tous. On avait dansé en rond, même Mémé Gramoune au son du sega et du maloya[1]. Les adultes avaient beaucoup bu, s'étaient frottés les uns aux autres avec ce qui ressemblait à de la férocité. Les enfants n'en perdaient pas une miette de beignets de banane. On fêtait la fin de la pluie, un prétexte, mais c'est un fait, il avait plu une semaine d'affilée et, même en ces premiers jours de novembre, c'est-à-dire en plein été[2], c'était inhabituel. Au début, les averses diluviennes étaient les bienvenues, les enfants couraient joyeusement, se lavaient sous les gouttières, jouaient avec les grosses gouttes d'argent, mais quand les nuages explosaient dans le ciel, un déluge s'abattait sur les maisons, s'infiltrait sous les toits, inondait les pièces, et la malédiction commençait. La pluie formait un mur, une masse qui cognait inlassablement contre le toit de la case. La terre entière semblait hurler de terreur. La famille se retranchait à l'intérieur, épouvantée par ce fracas ruisselant, à l'affût du moindre craquement suspect. Quand la case tremblait, on craignait un phénomène pareil aux coulées de lave : on avait

1. Musique héritée des chants des esclaves. Le sega est une fusion de différentes musiques de La Réunion et des îles voisines.

2. Dans l'hémisphère Sud, les saisons sont inversées. Il n'y a que deux saisons à La Réunion, l'été et l'hiver australs.

vu des maisons s'effondrer d'un coup. Et pourtant, tout cela n'était rien comparé aux cyclones. Ceux-ci étaient chez eux sur l'île et, quand ils s'invitaient, il fallait se cacher, s'agripper au lit et affronter l'ogre. Sous le choc, les arbres s'arrachaient à la terre dans un vacarme atroce. Chaque cyclone, disait-on par ici, cachait un esprit malveillant envoyé pour punir les hommes.

La dernière fois, la case avait tenu par miracle au milieu des citronniers et des bananiers. Quand ils étaient sortis, le sol fumait à cause de l'humidité. Le manguier dans la cour paraissait nu, déshabillé de ses feuilles, de ses fruits, qui la veille encore semblaient supplier qu'on les cueille pour soulager les branches qui pliaient sous leur poids.

— Dis, on la voit quand, Monmon ?

— Bientôt, ne t'inquiète pas.

En réalité, Pauline n'en sait rien, c'est une affaire de grands. Mais elle rassure sa cadette et la distrait comme elle peut. À la rivière, la plus large de l'île, où d'autres enfants s'éclaboussent dans l'eau si claire, c'est facile. On pêche avec un clou en guise d'hameçon, on s'amuse à faire des ricochets ou à titiller les sensitives, ces plantes timides, d'un rose pâle, qui poussent au bord des routes et se rétractent sous les doigts. Quand la faim les tenaille, les filles se jettent sur les litchis. Leur chair tendre et doucereuse dégouline alors sur le menton, délice à renouveler jusqu'à ce que le ventre crie grâce. Aujourd'hui, Pauline en a avalé une trentaine, son record. Elle l'ignore, mais il lui faudra attendre des décennies avant de sentir à nouveau la pulpe de ce fruit tapisser son palais. Car de ce 3 novembre 1963 date leur dernier moment d'innocence, le « temps d'avant ».

— Allez, on doit vraiment y aller, s'énerve Pauline. Soulève ton seau et fais bien attention !

Le retour est toujours plus pénible, avec l'anse en fer qui blesse les paumes et le soleil blanc qui brûle les épaules. Dans l'après-midi phosphorescent, les cheveux de Pauline semblent crépiter. On la remarque de loin, cette cafrine[1], noire d'origine, mais héritière d'une peau pain d'épice ambrée léguée par quelque ancêtre blanc, avec son sourire en étendard, ses yeux à l'iris vert mousse moiré et d'invraisemblables cheveux crépus aux boucles couleur maïs tressautant à chaque mouvement. « La fille Rivière, elle ira loin », murmurait-on sur son passage. Clémence, à la peau cuivrée, au visage rond et poupin, à la chevelure semblable à de la laine emmêlée, laissait plus indifférent.

Soudain, sur la route bordée d'hibiscus rouges, Pauline perçoit un bruit de moteur caractéristique qui se rapproche. Elle crie à sa sœur de se cacher, mais devant elle Clémence poursuit sa route, chantonne sans l'entendre. Dissimulée derrière un arbre, pétrifiée, Pauline se met alors à trembler. Cette voiture, c'est la 2 CV camionnette rouge, dite *loto rouz*[2], celle dont tout le monde dans l'île sait qu'il ne faut pas s'approcher, comme si elle était hantée.

— Clémence !

La camionnette ralentit à hauteur de la petite, une portière s'ouvre, un bras musclé l'arrache à la terre, en faisant valser son seau dans une gerbe

1. Fille ou femme noire de type africain à La Réunion.
2. L'auto rouge.

d'eau. Un homme sort de l'habitacle et jette sa proie à l'arrière du véhicule.

Effrayée mais prête à tout pour sauver sa sœur, Pauline quitte son abri. Une femme, une zoreille[1] à en juger par ses habits impeccables, l'interpelle :

— Bonjour, toi, *koman i lé* [2] ?

Tiens, l'inconnue sait le créole, mais les sonorités paraissent différentes, les lettres roulent dans la gorge de façon bizarre.

Elle fait un pas, puis deux, et le garde-chasse – c'est lui, elle le reconnaît – la saisit aux épaules, la pousse à l'intérieur, en refermant presque la portière sur elle. Piégée comme libellule dans un bocal. En pleurs, Clémence s'accroche à sa sœur, effrayée par la brutalité du type et les rugissements poussifs de la camionnette – c'est leur premier voyage en voiture. Derrière la vitre latérale, Pauline voit des cases défiler, mais aussi des maisons blanches ou pastel, aussi élégantes que leurs varangues. Elle crierait si sa gorge n'était pas si sèche. À un moment, l'automobile ralentit, stoppe, sa portière arrière s'ouvre, et l'homme enfourne à l'intérieur un autre enfant tenant un cerf-volant en feuille de coco. Tétanisé, le petit malbar[3] se blottit contre elles. Bientôt, une odeur de pipi émane de lui. Écœurée par ce remugle, chahutée par les virages de la route, Pauline sent la nausée l'envahir. À côté d'elle, le petit corps de Clémence vibre et son haleine tiède lui souffle au visage.

Où les emmène-t-on ?

---

1. Personne de type métropolitain à La Réunion.
2. Comment ça va ?
3. Descendant d'Indien à La Réunion.

Jamais, paraît-il, on ne revoit les enfants capturés par la voiture rouge…

Foyer Marie-Poittevin.

Quand Pauline et Clémence descendent de la voiture en flageolant, des bonnes sœurs tout de blanc vêtues les accueillent en souriant. Elles ouvrent les bras, et on dirait des ailes.

D'abord l'imposant bâtiment, puis cette cour encore plus vaste, où des dizaines d'enfants de toutes les couleurs s'égaillent, jouent aux billes, au ballon. Des Noirs, des Blancs, des Indiens, autant de gosses que de noix de coco !

Après le « réfectoire », comme l'appellent les religieuses, on leur montre l'immense pièce barrée de petits lits en fer, le « dortoir », aux fenêtres ouvertes. Dehors, l'air exhale la fumée de bois comme à la maison, et l'on entend même les roues des charrettes grincer sur la route, mais tout semble ici bizarre, étranger.

— Elle est bien mignonne, la petite. Quel âge a-t-elle ?

La sœur a une verrue au-dessus de la lèvre que Pauline voudrait arracher.

— Six ans, c'est ma sœur.

Pourquoi a-t-elle menti ainsi ? Sa sœur a quatre ans, deux de moins qu'elle. Sa mère le leur répétait avec force : elles n'étaient plus des bébés. Instinctivement, elle s'est dit que vieillir Clémence la protégerait davantage, mais de quel danger ?

— Dis, tu sais combien de temps on va rester là ? demande Pauline à une fillette.

Celle-ci hausse les épaules.

— Je n'en sais rien. Moi, ça fait depuis au moins dix dodos. La sœur dit que nous sommes en vacances, dans une colonie…

Pauline s'interroge : que peut bien être une « colonie » ? Elle n'a jamais quitté sa case, la ravine[1], jamais même fréquenté l'école. La nuit tombée, dans ce lit étrange qui couine quand elle se retourne, entre deux accès de peur, elle réfléchit aux raisons de leur séjour ici. Est-ce pour la punir de son agitation continuelle ? La fillette, c'est vrai, ne tient pas en place, monte sur les murets, escalade les arbres, disparaît dans les champs de maïs, comme si elle était poursuivie par une armée de fourmis rouges ! « Elle a du piment dans les veines », disait-on. Son père ou sa grand-mère menaçaient toujours de lui « éplucher » les fesses à coups de ceinture, mais on ne touchait pas à la marmaille chez les Rivière, à la différence de chez les voisins, qui à la moindre bêtise faisaient asseoir leur fils à genoux sur une branche. Un châtiment qui lui valait de gros bleus sur les jambes.

Peut-être tout cela avait-il un lien avec la visite d'une dame à la case la semaine précédente. On venait rarement chez eux, et jamais en voiture, ni si bien habillé. Accompagnée d'un *boug*[2], la femme avait même apporté des cadeaux ! Une poupée pour Clémence et une boîte musicale à l'intention de Pauline. Depuis, les filles s'endormaient avec leurs trésors bien serrés sur leur poitrine.

---

1. Ravine : lit d'une rivière, d'un torrent, au bord duquel peut s'installer une partie de la population – les plus démunis.

2. Homme.

L'étrange dame avait posé une multitude de questions à ses parents, voulu regarder le lit, le garde-manger et même inspecté les toilettes dehors ! Leur grand-mère semblait contrariée, furieuse même. D'un geste impérieux, elle les avait envoyées jouer chez le voisin avec les poussins, ce qu'elle ne leur permettait pas d'habitude. Quand elles étaient rentrées, les mains couvertes de fientes et de duvet tendre d'oisillons, Gramoune s'essuyait les yeux en baissant la tête. Pauline ne l'avait jamais vue pleurer, même quand Grand-père s'était effondré d'un coup dans la cour, en allant cueillir son avocat du matin sur l'arbre.

Pauline ne trouve le sommeil que lorsque le corps chaud de sa sœur se glisse près d'elle.

Au foyer, malgré les nuits agitées de questions insolubles, les jours filent, rythmés par les jeux, les comptines, les leçons, et surtout les repas, copieux et savoureux, même si les sœurs interdisent de manger le riz ou le cari[1] avec les doigts, comme on le fait à la maison. Les deux sœurs se lâchent rarement la main. On les appelle « les Rivière », et cette impression de faire la paire les rassure un peu.

Un dimanche, les religieuses ont prévu une sortie à la mer. Une première pour les fillettes, qui la devinent avant de la voir, entendent son ressac avant de contempler ce bleu vertigineux scintillant d'une lumière qui semble jaillir des profondeurs. Tandis que sa sœur, la robe comiquement relevée sur les cuisses, s'égosille sur le rivage, Pauline saute dans le ventre blanc des vagues, savoure le goût du sel sur ses

1. Plat à base de tomates et de safran.

lèvres, scrute le ciel d'où des oiseaux fous piquent sur les flots, telle une pluie de plumes, au loin, là où la mer vire au noir profond. Au goûter, l'accompagnatrice raconte des histoires de dauphins, et tous les enfants surveillent les vagues, œillades bleues et blanches, pour tenter d'en apercevoir un. Mais rien que la frange d'écume ourlant la plage, la mer martelant les rochers noirs, le froissement du vent et les cocotiers dodelinant de la tête.

Ce sera une journée qu'elles chériront et conserveront dans leur cœur.

— Réveillez-vous, allez, debout. Aujourd'hui, nous avons une surprise !

Pauline ouvre les yeux à regret, quitte ce rêve où elle accompagnait son père à un combat de coqs. Les hommes, surexcités, hurlaient le nom de leur champion, et les animaux, encouragés ou affolés par les voix humaines, se jetaient l'un sur l'autre dans une fureur de plumes, de becs, de crêtes ensanglantées. Gramoune désapprouvait un tel spectacle pour une enfant, mais Pauline était subjuguée par la peur, la sauvagerie de la scène, mêlées à la joie d'accaparer son père, l'espace d'un moment.

— C'est une grande nouvelle, les enfants, vous avez de la chance. Vous allez partir en vacances en France !

Les enfants rassemblés dans le réfectoire se regardent, stupéfaits.

— Vous verrez la tour Eiffel, vous vous rendez compte ?

Clémence tire la manche de sa sœur.

— Dis, c'est où, la France ?

Pauline songe aux murs de la case où leur mère avait scotché des photos de monuments parisiens, l'Arc de triomphe, le Panthéon, les quais de Seine, à côté de publicités récupérées dans des vieux magazines, gondolées par le soleil ou la pluie, montrant des femmes à la peau pâle si maquillées qu'on les aurait dites peintes, évadées de quelque tableau de maître.

Pauline partage l'excitation générale, s'y coule, même si tout cela lui échappe, lui paraît irréel : qu'en diront Papa et Maman ? Pourquoi ne partent-ils pas tous ensemble ? Le monde semble soudain incompréhensible, sorti de ses gonds. Elle oscille entre un abattement qu'elle s'efforce de cacher à sa sœur et des accès de nervosité qui lui vrillent l'estomac. Autour d'elle, les enfants hurlent de joie.

— Moi, j'ai déjà une tata en France. Quand est-ce qu'on y va ?

L'après-midi même, chaque enfant reçoit un viatique sous la forme d'une petite valise bleue : robe blanche pour les filles, costume bleu marine avec un short pour les garçons, un pyjama, une brosse à dents, sans oublier des chaussures neuves ! La liesse est à son comble, la plupart n'ont connu que des vêtements rapiécés, les plus chanceux des habits du dimanche, mais élimés ou dépareillés. Chaque valise contient en outre un jouet, voiture miniature, peluche ou poupée. Les enfants non retenus pour le départ, privés donc de valisette, éclatent en sanglots. Pauline et Clémence ressentent de la fierté : elles font partie de l'aventure, elles ont été choisies.

Le soir, après les prières, on entonne « Ce n'est qu'un au revoir », et les sœurs distribuent des *colodents*[1] au caramel. Dans l'obscurité, des dizaines d'enfants pétris d'innocence s'endorment en rêvant à Paris et à sa magie.

12 novembre 1963

« *Guette son zoli moulire*[2]. »

Sœur Suzanne a raison. Avec sa robe immaculée, ses cheveux aux fils d'or qu'elle porte comme un casque, Pauline est ravissante. Les sœurs Rivière collent leur visage à la vitre du bus : le rouge de la terre, le jaune des fleurs, le bleu du ciel défilent et se surimposent comme dans un kaléidoscope. Partout des cases, mais ce n'est jamais la leur. Dehors, la nature ruisselle, déborde, les fougères arborescentes, les orchidées, la mousse forment un rideau qui les sépare de leur vie d'avant. Pauline hume l'air embaumé, l'odeur aigre des moisissures, le parfum des cannes à sucre charrié par le vent, comme si elle voulait emporter ces senteurs avec elle. Aux abords de la ville, les maisons se font plus grandes, somptueuses même, parées de jardins, de massifs de fleurs, de grilles chromées, de statues intimidantes, tout un monde qu'elles ne soupçonnaient pas.

— Regarde, regarde, un avion.

Les seuls entrevus auparavant volaient si haut qu'on ne savait jamais s'il s'agissait bien d'une Caravelle ou d'un oiseau. La montée de la passerelle, les hôtesses sanglées dans leur uniforme bleu marine,

1. Bonbons.

2. Regarde comme elle est bien mise (ou « bien habillée »), en créole.

la ceinture à attacher, tout cela les impressionne. Et au premier bruit des réacteurs, la peur se lit sur leur visage. L'accompagnateur, le pauvre bougre, peine à contenir les piailleries de trente gosses surexcités. On décolle, l'île glisse sous l'aile, le fuselage semble hésiter face à la masse du ciel, puis se cabre, craque, se débat dans un bruit assourdissant. Certains veulent se lever, quitter cette carlingue d'acier et de verre, rentrer chez eux.

— Regarde, Clémence, c'est magnifique, raisonne Pauline, qui aime les mots à rallonge, comme dit son papa.

Celle-ci grelotte, il fait froid dans la carlingue. Mais c'est vrai que c'est beau, l'île paraît un bijou sombre ceinturé de bleu, un disque d'onyx jeté dans l'océan.

Rassurés par la course tranquille de l'avion posé sur un matelas de nuages, certains garçons sont invités dans le cockpit : éblouis, ils en ressortent une cigarette en chocolat aux lèvres, cadeau du commandant farceur. Ils font mine de fumer, les voilà devenus des messieurs importants, habitués aux voyages, presque des hommes d'affaires. Les plus petits sautent de leur siège et chahutent dans le couloir. Certains sont rapidement malades et doivent utiliser les sacs en papier, sous les quolibets de leurs camarades. Escale à Madagascar, l'avion s'immobilise pour quelques heures, puis encore à Djibouti.

Peu à peu, le silence envahit l'appareil et le sommeil prend les petits dans ses rets. À côté de Pauline, un garçonnet nommé Mulot, d'après l'étiquette collée sur sa poitrine, s'endort, un filet de bave sur le menton. Ici ou là, les hôtesses remontent une couverture, ramassent une poupée, s'attendrissant sur leur cargaison juvénile. Pauline arpente le couloir une partie de la nuit. Comment imaginer la France, ce si grand pays, demain matin ?

Ils se serrent les uns contre les autres, du sommeil encore plein les yeux.

— Vous attendez en rangs et sagement, ordonne l'accompagnateur. Une tante va venir vous chercher.

Ladite tante a la peau blanche, des cheveux roux coupés au bob et un visage inconnu. Elle n'est évidemment pas de la famille, mais il faut la suivre. L'escalator est l'occasion d'une belle cavalcade, d'une mêlée de bras et de jambes acrobatique et même de quelques chutes. Personne n'a jugé utile de leur expliquer comment se tenir droit sur cet engin périlleux.

— File de gauche, file de droite.

Pauline pousse une Clémence hébétée quand l'animateur accroche son bras.

— Et celle-là ? Tu la mets où ?

— Ils verront bien à Guéret, répond la rousse à l'air préoccupé. On n'a pas le temps. Le convoi doit partir.

L'autobus ne ressemble pas à celui de La Réunion – il sent le plastique et le neuf ! La banlieue non plus, avec ses barres grises et sales, ses terrains vagues boueux, à l'horizon bouché de friches, traversé par des visages d'hommes pâles, mangés par la fatigue. Paris n'est plus qu'un mirage, le bus s'échappe sur le ruban monotone de l'autoroute.

— C'est quand qu'on voit la tour Eiffel ? s'énerve une fille d'une dizaine d'années.

C'est une malbaraise, une descendante de ces familles indiennes arrivées sur l'île au siècle dernier. L'envie prend à Clémence de jouer avec le rideau de jais de ses cheveux.

— Tu habites où ? lui demande-t-elle. Moi, ajoute-t-elle fièrement, dans une case.

— Ben oui, idiote, s'esclaffe la fille. Comme tout le monde !

La route ? Interminable, comme le vol en avion. Une éternité attachés aux sièges de ce bus qui file à travers plaines et champs. Les plus jeunes se rendorment, petites bêtes repues de kilomètres. Les yeux brillants, Pauline poursuit sa vigie muette, épuisée, mais incapable de dormir. Elle repense au visage de sa mère, allongée sur son lit comme parfois, le teint terreux. L'amour qu'elle ressent alors lui fait mal. Elle l'appelle silencieusement, mais personne ne vient. L'absence est clouée dans son cœur.

Enfin, le bus s'immobilise devant un grand bâtiment de briques à deux étages.

— Regardez, on est chemin des Amoureux, pouffe un garçon plus âgé que les autres. Ça commence bien !

Tout le monde rit, et dans ce rire se faufile le soulagement des enfants. Enfin arrivés ! Où, on ne sait, mais un grand panneau de carton signale « Bienvenue aux Réunionnais ! ». Tout va bien se passer. Première surprise, mais de taille, ce froid qui les transperce au saut du bus. Soucieux de préserver leurs chaussures neuves, certains ont gardé leurs tongs, la majorité est en short. Le vent de novembre fait frissonner les petits sous leurs vêtements trop légers, s'infiltrant dans les cous, crispant les épaules.

— Ça pince, ici !

— Tu l'as dit !

Mais dans le réfectoire, il y a de la musique, de la lumière, de la nourriture, des friandises, une sorte de fête en leur honneur. Le liquide qui sent mauvais sous la douche – du gel désinfectant – n'altère pas la bonne humeur des gosses, qui improvisent des danses sur les petits matelas disposés partout dans les couloirs.

— Bonjour à tous, les salue la directrice, le lendemain. Vous irez bientôt à l'école et vous ferez la joie de vos parents !

Les enfants sont mis de nouveau en rangs. Pauline dans la colonne de droite, Clémence à gauche. Logique : elles ne peuvent fréquenter la même classe à cause de leur âge. Quand les petits sont dirigés dans une pièce close, à l'écart, Clémence grimace.

— Ne fais pas le bébé, lui glisse sa sœur, je t'attends.

L'attente s'éternise. Pauline tourne en rond en lorgnant l'autre pièce, d'où rien ne filtre. Que se passe-t-il ? Elle a remarqué un étrange ballet : des couples se présentent successivement devant la porte, qui s'ouvre et se referme aussitôt ; ils ressortent dix minutes plus tard, satisfaits ou cérémonieux, avec un enfant, parfois deux, portant les plus jeunes comme un trophée ou tenant d'un air ému la main de ceux qui trottinent à leur côté.

Un mauvais pressentiment l'étreint, se dilue dans l'air sinistre, l'angoisse harponne son cœur. Chaque fois que la porte s'ouvre, la fillette tente d'apercevoir sa sœur mais ne distingue qu'une forêt de pieds potelés et les chaussures à talon de la directrice.

Au bout d'une heure, Clémence sort enfin du local. Riante, elle se précipite vers Pauline, s'accroche à elle, l'enrobe comme une guirlande humaine. Elle sent encore la vanille, la maison, là-bas. Une main fine se pose soudain sur l'épaule de la petite, celle d'une femme aux yeux bleus noyés.

— On va se dire au revoir, maintenant, invite-t-elle en jetant des yeux inquiets vers la directrice et son mari.

Clémence, tel un petit animal, s'enfouit plus profondément dans le cou de sa sœur. Son menton tremblote, elle claque des dents. De la poitrine de Pauline jaillit un cri :

— Non !

Et elle serre sa sœur contre elle.

— Sois raisonnable, ta sœur sera très bien là-bas, assure la directrice.

— Pas question, elle reste avec moi.

Enchevêtrement de bras, de cheveux, de jambes. Un éducateur tente en vain de séparer les gamines affolées.

— Non, lâchez-moi ! hurle Pauline en se débattant.

Laisser partir Clémence serait renoncer à un morceau d'elle-même, s'arracher le cœur. Elle repousse la dame – qui arrondit la bouche dans un geste d'effroi –, essaie de frapper l'éducateur, mais ses petits membres parviennent à peine à le frôler.

— Pour l'amour de Dieu, Gilles, fais quelque chose ! On ne peut pas les emmener toutes les deux.

Pauline sent qu'on la ceinture, le corps palpitant de sa sœur lâche prise, se détache d'elle, disparaît de son champ de vision, s'estompe déjà comme un fantôme entre les murs de l'établissement. Paniquée, la grande tourne sur elle-même comme une toupie en poussant un cri de bête. L'éducateur la traîne par la robe jusque sous la douche.

— Arrête un peu ton cirque. Ça devrait te calmer.

Une pluie glacée déferle sur ses cheveux, cisaille son dos. Un instant, elle repense aux cyclones martyrisant sa case. Trempée, grelottante, Pauline n'est plus qu'un cri.

— Reviens, Clémence, reviens !

Elle n'entend pas la directrice, désemparée, glisser à l'un des témoins de la scène :

— Que voulez-vous, c'est la règle. Pas de fratrie au même endroit. Je ne fais qu'appliquer la consigne, moi.

En pleine nuit, une bonne sœur suspendue par sa croix à l'aile d'un avion cherche à arracher Clémence par le hublot... Mais Pauline la retient par la jambe. Leur mère s'est invitée dans ce rêve, avec sa respiration fuyante, l'air d'une feuille posée là sur le tapis du ciel, silencieuse, comme souvent. Le réveil l'arrache à cette présence rassurante, sonne comme une mort innommée, engourdissant ses membres, rendant sa tête lourde et confuse. Pauline ne se lève pas, à quoi bon ? Elle attend sa sœur, devient l'absence même.

— Allez, debout, la paresseuse !

Le type de la veille, celui qui l'a douchée de force.

— Ne m'en veux pas pour hier, mais tu étais incontrôlable. Un vrai démon tropical.

Pauline se tait.

— Tu la reverras vite, ta frangine ! Et puis elle est partie avec des gens bien.

Sans un regard pour l'adulte qui l'a brutalisée, Pauline sort du lit, se force à manger, mais capitule devant son bol, la peau de lait flottant comme une tache la dégoûte. À imaginer sa sœur loin d'elle, une pierre leste son estomac. Que diront ses parents ? Elle n'a pas su la garder, veiller sur elle comme une grande sœur digne de ce nom. La honte la foudroie, ainsi qu'un sentiment nouveau, le désespoir. Quand les reverra-t-elle tous ? La journée traîne. Le foyer bondé d'enfants se vide lentement à mesure que les familles viennent les chercher. À chaque cri, chaque sanglot de séparés, Pauline croit entendre Clémence.

L'après-midi, des paysans, la casquette à la main, chaussés de bottes terreuses et flottant dans des pantalons de coutil verts, arrivent à leur tour. Pauline n'a jamais vu autant de Blancs. On dirait des poulets déplumés avec leur peau grise qu'elle devine râpeuse et malodorante. Elle ne comprend pas leur langage, leur timbre est rude, rocailleux, comme leurs gestes, leurs manières bourrues. Cette langue où l'on ne traîne pas sur la fin des phrases comme chez elle, où l'on ne chuinte pas certains mots, heurte ses oreilles, la blesse, ajoute à la douleur de l'éloignement des parents, à l'arrachement de Clémence.

— Vise celui-là comme il est grand, s'enthousiasme un agriculteur.

— Celui-là a l'air d'un *brêle*[1] !

— Tâte ses biceps, lui répond un autre, c'est du costaud.

— Hé, les gars, c'est pas des bestiaux ! rigole un quatrième. Pourquoi pas y voir les dents pendant que tu y es ?

— Ou autre chose ? Canaillou, va !

Tous éclatent d'un rire gras. Les garçons qui défilent devant eux, tête baissée, n'en mènent pas large. La directrice apparaît, l'air exténué.

— Ah, Pauline, te voilà. Pas d'histoires, aujourd'hui, n'est-ce pas ? Je voudrais te présenter M. et Mme Granger.

Un couple se lève, elle de taille moyenne, un visage entre le quelconque et l'agréable, lui grand et émacié, une trique percée de deux petits yeux délavés et fuyants.

— On habite à la campagne. Tu vas venir avec nous.

— Et ma sœur, elle vient aussi ?

— Parce qu'elle a une sœur ? interroge la femme, interloquée.

Personne ne répond.

— Heu, non, poursuit Mme Granger. Mais, tu verras, ça ne t'empêchera pas de bien t'amuser. On a des poules, des vaches, et même un petit veau.

Toujours sans un mot, la directrice tend à Pauline sa valise bleue. Vaincue, épuisée, elle se laisse emmener, non sans retirer ses doigts quand la femme veut lui prendre la main, comme si ce contact la brûlait.

---

1. Un idiot, en patois limousin.

Tête baissée, elle refuse de voir ces gens, leur monde n'est pas le sien. À l'arrière de la voiture, elle s'efforce de se vider l'esprit, congédie les images qui la hantent, elle s'y entraîne depuis des jours. Quinze minutes plus tard, l'auto s'arrête dans une cour damée de purin.

— Voilà notre ferme. La ferme Granger, à La Brionne, annonce fièrement la femme. Mes arrière-grands-parents l'ont achetée, mes grands-parents et mes parents l'ont exploitée. On vit ici comme on a toujours vécu, de la terre. Mais après nous, notre fils refuse de la reprendre. Quelle pitié !

Qui voudrait de cette maison, longue bâtisse au toit crevé par endroits, avec une grange aux murs mangés par la mousse et une petite mare boueuse ? Une seconde, Pauline revoit la mer aux dauphins, son écume lustrale. Bientôt, la vision de Clémence, la jupe relevée, progressant comme un crabe sur le rivage, laisse place à la triste réalité d'un poulailler ceint d'une clôture de barbelés, une remise, un verger maigrichon. Aux alentours, les champs s'étendent à perte de vue sous un ciel d'ardoise, de la même couleur que la route qui serpente sur le plateau. Les Granger n'ont pas de voisins.

Le mari ressemble à un arbre tant il est émacié, avec un visage creusé, consumé, des yeux qui ne la regardent pas et une voix rauque, comme si elle n'avait jamais servi.

— Je vais à l'étable, lâche-t-il.

— Chez nous, on s'occupe des bêtes avant de s'occuper des hommes, philosophe la femme. Viens voir un peu ta chambre.

Pauline suit Mme Granger en frissonnant. Il fait froid, même à l'intérieur, sauf dans la pièce principale où un feu crépite, jette ses flammèches autour de l'âtre. Il y a l'électricité, contrairement à chez elle. Soudain, une masse poilue se précipite entre ses jambes.

— C'est Bâtard, il n'est pas méchant, va ! Il passe son temps à roupiller sous la table ou devant le *cantou*[1].

Pauline ne comprend pas tous les mots qui sortent de leur bouche. On dirait une autre langue, une langue qui se plaît à l'exclure, à la couper davantage de ces gens-là. Le chien aux poils roussis mendie des yeux, penche la tête, et sa langue offre une caresse tiède aux doigts glacés de la fillette. Dans la chambre, qui sent bon le bois fumé, un gros coussin posé sur l'édredon à forme humaine. Un instant, Pauline espère trouver Clémence dessous – on leur a fait une blague, une mauvaise blague –, mais l'édredon ne bouge pas.

— Voilà ton armoire, continue la fermière. Les toilettes sont dans la cour. Lave-toi avec ce gant et la bassine, ici. Et rejoins-moi en bas.

Le dos de la femme s'éloigne. Par la fenêtre, des ombres grises semblent passer, comme des fantômes. Le soleil, la lune, les étoiles ont disparu. Comme les mots de Pauline pour exprimer son angoisse. Il reste la teinte noire de la nuit et ces doigts secs qui compriment son cœur, resserrent sa gorge. Que fait-elle ici ?

1. Grande cheminée limousine, avec des bancs de chaque côté.

— Tu ne t'es pas lavée ? Regarde, tu as des *gougnes*[1] sur ta blouse.

Encore ces mots incompréhensibles aux sonorités étranges. Pauline les entend assourdis, comme s'ils venaient de loin.

— Débarbouille-toi le visage. Et je t'ai acheté une brosse à dents. Rose !

L'enfant regarde l'objet sans comprendre.

— Quoi, tu ne t'en es jamais servie ? Misère…

Dans la glace, son visage semble avoir été dévoré par l'absence, ses traits se sont tirés, elle ne se reconnaît pas.

Dîner, ensuite, en silence, rompu seulement par les lapements de soupe du fermier mutique et les objurgations de sa femme.

— Mange donc, il y a des nouilles dedans. On va te remplumer.

Pauline jette un œil dégoûté au contenu de son assiette. On dirait un tas de lombrics blancs entremêlés. Quand Mme Granger les aspire, on jurerait l'assiette vivante. Et l'homme qui met du pain et du vin dans sa soupe…

— Ici, on appelle ça *faire chabrot*, précise la fermière d'un air satisfait avant de l'imiter goulûment.

La fillette suit les gestes lents, les bruits de bouche, les miettes de pain tombant sur le menton de ces étrangers. La nausée la prend, la même que dans le grand coffre de la camionnette rouge.

— Demain, je vais aux carottes, lâche brusquement l'homme. Tu as la gamelle pour le *noirpiot* ?

---

1. Tache.

Il se lève d'un pas lourd et s'éloigne, sans un regard pour la petite.

Tous les matins, le coq chante, comme là-bas. Tous les matins, la joie délirante de se croire revenue chez elle, mais chaque fois l'odeur d'encaustique et d'herbe séchée de la chambre la ramène au présent. Pas de chants d'oiseaux, de criquets, de crapauds. Ni de Gramoune, qui console de tout. Désœuvrée, Pauline suit la fermière d'une pièce à l'autre, fait un tour au potager, passe par le poulailler ramasser des œufs encore tièdes, pousse jusqu'à la mare. Elle a trouvé un ballon abandonné dans la grange, mais seule, à quoi bon jouer ? Alors elle rejoint souvent Bâtard sous la table et sommeille contre son ventre soyeux, traîne pour se laver d'un coup de gant, comme la fermière, dans la cuisine. Chez elle, on se nettoyait dans la cour, à grands jets, au soleil qui séchait et chauffait la peau.

Ce matin-là, ses pas la conduisent à l'étable. Il fait si froid que lorsqu'elle souffle, un petit nuage se forme devant ses lèvres. À l'intérieur, une dizaine de vaches la fixent de leurs yeux torves en lui tirant une langue baveuse. L'odeur âcre prend aux sinus, envahit sa bouche.

— Eh toi, psst ! Comment tu t'appelles ?

Sursautant, Pauline manque de trébucher contre un seau. À un mètre, au-dessus d'elle, juché sur un tas de paille, se tient un garçon. Noir. Bien plus noir qu'elle, avec des cheveux ras et de grands yeux couleur ambre. Il se lève, et d'un bond d'acrobate pirouette à ses côtés. Maigre, il porte un pantalon trop court d'où dépassent deux pieds en sabots fourrés de paille.

— Alors, tu as perdu ta langue ? *Kosa sa*[1] ?

Pauline regarde ses cils immenses qui ombrent ses yeux.

— Moi, je suis Gaëtan. Gaëtan Payet. *Koman i lé ?*

C'est quelqu'un de chez elle ! Sous le choc, la fillette articule :

— Moi, c'est Pauline. J'ai six ans. Et toi ?

— Onze. Et toutes mes dents !

— Et tu viens d'arriver ?

Ses mouvements dégagent une odeur de crasse et de sueur qui se mêle à celle d'ammoniac des bouses de vache. Pourtant, là, Pauline lui sauterait au cou : il parle créole ! C'est le premier rayon de soleil depuis son départ.

— Je suis là depuis longtemps, soupire le garçon. Plus de dix mois. Je viens de Saint-Joseph. Le roi de la pêche, c'est moi !

Il lui sourit et dans son regard tout est offert, dévoilé.

— Chez moi, il y a des dauphins.

— Et tu les attrapes ?

— Tu rigoles ! On touche pas aux dauphins. Par contre le macabit, la rougette, le grand-queue, le grifin, c'est pour bibi !

Caressée par cet accent familier, Pauline rit, étourdie par cette litanie, cette ménagerie sauvage qui s'invite au royaume des vaches. Le garçon évoque les pêcheurs à qui il donnait un coup de main pour décharger leur cargaison contre quelques poissons.

1. Qu'est-ce que c'est que ça ?

Avec le produit de sa propre pêche, il nourrissait toute la maisonnée. Malgré les légumes, les ananas Victoria du jardin, ils avaient souvent faim.

Un bruit de pas se fait entendre.

Affolé, Gaëtan se redresse, saisit une fourche et commence à soulever avec vigueur le fumier derrière les vaches aux bouses flasques.

— Hé, le *goulliat*[1], qu'est-ce que tu fous ?

Le père Granger a l'air furieux. Interdite, Pauline se colle au mur.

— Rien, je vous jure ! Je m'occupe des bêtes…

— T'es qu'un fainéant, toi.

Et vlan, un poing écrase la bouche de l'enfant, dont les lèvres se mettent immédiatement à gonfler. En se retournant, le fermier aperçoit Pauline.

— Rentre à la maison, toi ! Et tout de suite. C'est pas une place pour une gamine, ici.

Il se rapproche, un sourire effilé comme un poignard barre ses joues grisâtres.

— Lui, il est là pour bosser. Pas question que vous parliez petit-nègre tous les deux. Allez, file !

Pauline recule, se cogne contre la porte et s'enfuit avec ses interrogations : qui est ce garçon ? Et pourquoi le paysan l'a-t-il traité ainsi ?

Désormais, elle n'a qu'une idée en tête : revoir Gaëtan, se réchauffer à sa vue, à sa voix, parler de là-bas et des siens dont le souvenir grandit et la possède à mesure que les jours passent. Dès qu'elle le peut, elle rôde près de l'étable. Mais l'homme veille et Gaëtan reste invisible. Il ne met jamais

1. Garçon.

les pieds à la maison, même quand il gèle, que le vent fait craquer les branches des arbres, ne laissant d'autre occupation à Pauline que de dessiner de vagues silhouettes sur les fenêtres embuées. Les nuages ressemblent ici à des manteaux flottant dans l'air. Le garçon ne mange pas non plus avec eux, le père Granger lui apporte tous les soirs une gamelle en laiton qui contient les restes de leur repas, du pain rassis, parfois même des épluchures. De temps en temps, Pauline distingue une forme courbée qui pioche les patates, garde les moutons, coupe du bois à la hache, l'air frigorifié. Il a troqué ses sabots remplis de foin pour des bottes beaucoup trop grandes pour lui. On dirait un échassier.

Elle n'est plus seule désormais avec sa peine, il existe ce garçon, évanescent, mais tout près. Un soir, il a frappé à la porte, la mine embarrassée, sa casquette à la main et dans l'autre un panier plein d'œufs. Sans manquer de lui adresser un signe de connivence.

— Pourquoi il vient pas avec nous, Gaëtan ?

— Parce qu'il est habitué à vivre dehors, chez lui.

— Et il ne va pas à l'école ?

— Ça suffit, Pauline, tu parles trop ! À propos d'école, c'est toi qui iras. Pas plus tard que la semaine prochaine.

Le soir, au moment de se coucher dans ce lit en bois sculpté si douillet que Pauline l'imagine tel un carrosse traversant la nuit, la fermière insiste :

— Ne t'en occupe pas. C'est une chance pour lui d'être ici.

Devant le silence de la petite, elle ajoute :

— Je t'ai acheté un cartable. Un beau, verni. Si avec ça tu n'as pas de bonnes notes…

Et pour la première fois, la fermière se penche, effleure son front de ses lèvres gercées, puis tapote l'oreiller, avant d'éteindre la lumière.

Cartable neuf sagement arrimé à son dos, Pauline sent son corps parcouru par un courant électrique. Après tout, cette histoire est tellement insensée que Clémence l'attend peut-être à l'école.

— Tu vas voir, ça va bien se passer, affirme Mme Granger.

Là-bas, dans l'île, Pauline a toujours rêvé d'une jolie maîtresse, de cahiers neufs, d'une trousse bourrée de stylos multicolores. Mais cette école paraît si différente de ce qu'elle a pu imaginer ! Les filles ressemblent à des pommes pelées tant elles sont blanches. Et trop d'enfants courent, jouent ou bavardent. S'avançant bravement, elle scrute chaque visage, à la recherche de traits familiers. Pas de Clémence. En l'apercevant, les enfants s'arrêtent net, la dévisagent bouche bée. Bientôt, un petit cercle se forme.

— Oh, une noiraude…

— Regardez, les copains, lance un garçon roux, voilà Blanche-Neige !

Des rires fusent. Interrompus par la maîtresse.

— Ne dites pas de bêtises, les enfants. Et accueillez bien votre nouvelle camarade.

Dans la classe, les enfants ont tous les âges. Ça sent bizarre, le renfermé poussiéreux, la colle forte, la vieille éponge à effacer. Le crissement de la craie sur le tableau titille ses nerfs, agace ses dents. Elle ne trouve pas la force d'écrire, dessine juste des vagues ondulées et des soleils orange sur son cahier. Quant à l'histoire, la géographie, elle ne veut pas en entendre parler. À quoi bon ? Son histoire à elle, des événements absurdes l'ont échouée sur un continent inconnu.

À la sortie, Mme Granger l'attend, un châle sur la tête.

— Ravissante, votre petite Africaine. Et ces cheveux !

L'institutrice, Mlle Martin, une femme aux hanches larges et en blouse écrue, joue avec les boucles blondes de Pauline.

— Par contre, je vais devoir la rétrograder en maternelle. Elle ne sait même pas tenir son stylo.

— C'est pas vrai, pas vrai du tout !

Dans l'île, chez elle, la fille du voisin lui avait montré, appris, elle savait écrire « papa », « maman », aussi. Elle refusait d'aller chez les bébés, en rang d'oignons dans la cour, la main sur l'épaule du gamin de devant. Surtout depuis qu'elle avait vu que sa sœur n'y était pas.

— Ne t'inquiète pas, tempère l'institutrice. J'ai plusieurs niveaux, je vais m'occuper de toi.

De fait, Pauline ne demande qu'à progresser, mémorise facilement, au point de savoir lire et écrire en quatre mois. Mlle Martin laisse sa main sur son épaule plus souvent que sur celle des autres.

Sous le préau, Pauline se tient à l'écart. Une grande fille, qui a déjà de la poitrine, s'approche d'elle. Elle lui touche l'avant-bras puis renifle ses doigts, d'un air dégoûté.

— Tu te mets du caca sur toi, le matin ? demande-t-elle bien fort. Vous, les Noirs, vous êtes sales !

— Oui, c'est connu, renchérit le cancre de la classe, qui se réveille pour l'occasion. Les négros attirent les mouches à merde.

Une bouffée de chaleur envahit Pauline. Elle ouvre la bouche puis la referme, sidérée par l'insulte.

— Ça s'est bien passé, en classe ?

La paysanne pose tous les jours la même question. Pauline fixe le ruban métallisé de la route qui serpente sous la robe des chênes. Elle a perdu le compte des jours depuis son arrivée. Ses parents ne viennent pas la chercher. L'ont-ils oubliée ? Des adultes peuvent-ils laisser ainsi leurs enfants ? Elle se sent si petite, si démunie face à ces étrangers, leurs champs immenses, leurs mots rugueux, cette vie monotone et vide…

— Tu ne sors pas de la maison, tu m'as compris ? Et si tu t'ennuies, tu peux toujours prendre tes aiguilles.

Le soir, après la soupe, Mme Granger lui apprend à tricoter, à *pétasser*[1], comme elle dit comiquement, mais Pauline n'est pas douée. Elle emmêle souvent ses pelotes, et ses écharpes prennent toujours quelques centimètres de trop au milieu. Elle rêve d'en offrir une à Gaëtan, qui en aurait bien besoin. Elle sort désormais avec la sienne, munie de gants, d'un bonnet qui gratte le front et d'un anorak où elle flotte un peu.

1. Repriser.

Les Granger partent aujourd'hui à la foire à Limoges. Ils envisagent d'acheter un nouveau tracteur à crédit et des engrais complets. La région doit amorcer sa révolution agricole, d'après la JAC, la Jeunesse agricole catholique, majoritaire dans le coin. Pour l'occasion, la fermière s'est habillée, a sorti son collier et un foulard. La fillette acquiesce à toutes leurs recommandations et, dès qu'ils ont tourné les talons, file à l'étable, le cœur battant. Gaëtan n'y est pas.

Elle le trouve en lisière d'un pré, en train de manier la hache, un tas de bois coupé à ses pieds. Il a encore maigri, ses bras pendent, décharnés. On dirait un épouvantail, si c'est bien le sens du mot qu'elle a appris.

— Gaëtan, ils sont partis pour la journée !

Le garçon se retourne, un large sourire plaqué sur son visage.

— T'es sûre ? Parce qu'il est toujours sur mon dos, le fantôme.

— Pourquoi tu l'appelles comme ça ?

— Ben, les Blancs, s'amuse-t-il, ressemblent tous à des fantômes, non ? Avec leur peau, on les dirait déjà morts !

Ils rient ensemble, et cette complicité réchauffe Pauline. Autour d'eux, le vent se bat avec les arbres.

— Tiens, regarde, je t'ai apporté à manger !

De sa poche, elle sort une demi-tablette de chocolat Poulain.

— J'ai même gardé l'image dedans.

L'adolescent fourre l'illustration dans sa poche et croque avidement dans les carrés noirs.

— J'ai la dalle, moi !

— Finis et raconte-moi les dauphins.

— Encore !

Mais il s'exécute, trop heureux de repeindre le bleu sans limites de chez eux, la mer battue d'écume, les ailerons des animaux qu'il pouvait toucher dans leur ronde joyeuse, leurs corps élastiques et lisses dans l'eau bouillonnante. Ces compagnons lui manquent, comme les papangues, et les pailles-en-queue, ces oiseaux blancs lignés de noir qui symbolisent leur île.

— Tu m'apporteras encore à manger, dis ?

Dans sa famine, il lui est arrivé d'avaler des herbes, des patates crues ou des champignons qui l'ont rendu malade, à se tordre, accroupi dans les bois. La fillette acquiesce en silence, perdue dans ses rêves azuréens. Gaëtan la suit en imagination, transporté à des milliers de kilomètres des réveils à l'aube, des sacs d'engrais de trente kilos à brouetter, des champs à bêcher qui cassent les jambes et scient le dos. Granger lui trouve toujours du boulot, et lorsque, par miracle, la tâche vient à manquer, il le « prête » comme un vulgaire outil à ses voisins. Gaëtan tait les humiliations, les « Toi, le négro, boucle-la », les « Bamboula, tu te passeras de ton dîner ». Les gifles pleuvent à la moindre incartade : une porte mal fermée, une vache restée dehors, un piquet planté de travers. Granger le prive de tout, sauf de coups. Parfois il dégrafe sa ceinture, qui siffle dans l'air et laisse des zébrures sur ses omoplates et ses flancs. Gaëtan est devenu sa proie, son exutoire, son souffre-douleur.

— J'en ai marre de bosser ici, souffle-t-il en rentrant dans l'étable.

Il passe tant de temps seul qu'entendre sa voix le surprend, comme s'il s'agissait de son fantôme. Pour s'inventer une compagnie, il parle aux arbres.

— Moi, je vais à l'école.

— Eh bien, tu en as de la chance. Je vais voler chemin[1] si ça continue. *Moin lé 'fay*[2]. Ici, même les oiseaux volent sur le dos pour ne pas voir la tristesse des champs !

Et il éclate de rire, d'un rire dégoupillé.

Pauline se pelotonne contre lui sur le tas de paille monumental qui lui sert de lit. Comment feraitelle sans lui ? En quelques moments volés, il lui est devenu si précieux, un ami, un frère, un *dada*[3] même. Avec lui, elle oublie la pestilence des vaches, retrouve en imagination les parfums familiers, les jours heureux sur l'île.

— Dis, chez toi, c'est comment ?

— On était des enfants de la misère[4] ! se souvient Gaëtan. Ma mère en avait cinq. Des petits, de trois pères différents. Elle vivait avec un jardinier qui m'avait pris en grippe. Dès qu'il avait fini de lever son verre, mon *ti-père*[5] me cherchait des noises. Un jour, il m'a même jeté du piment dans les yeux ! J'ai failli devenir aveugle… J'ai commencé à passer mon temps avec les pêcheurs ou à traîner dans la rue avec d'autres gosses chassés de chez eux.

» Et puis, un jour, deux femmes étaient venues à la case, le front plissé, l'air dégoûté devant les

---

1. Fuguer.
2. Je suis fatigué.
3. Grand frère qui veille sur les petits.
4. Petits miséreux.
5. Beau-père.

détritus, les roues de vélo tordues, les sacs en plastique éparpillés dans la cour, l'absence d'eau et d'électricité, le sol en terre battue.

» Elles m'ont dit que si je partais en France, je pourrais devenir aviateur, sourit Gaëtan. On me donnerait le blouson et des décorations… Tu parles comme j'étais d'accord !

Ravi de l'aubaine, le beau-père avait proposé d'autres enfants. Chez eux, disait-il, il y en avait autant que de cailloux ! Mais les femmes avaient jeté leur dévolu sur Gaëtan.

— Elles m'ont aussi raconté que je reviendrais vite. Avec mon avion !

— Ta maman t'a laissé partir ? demande Pauline en baissant la voix.

— Jamais de la vie ! réplique-t-il. C'est mon beau-père qui l'a forcée.

À ce mot de « maman » qui flotte dans l'air, les deux enfants s'assombrissent. Pauline essaie de redessiner le visage de la sienne mais en perd tous les jours un peu plus les contours. Son image s'en va sur la pointe des pieds et, malgré ses efforts, la fillette peine à la retenir. Le soir, dans son lit, quand la solitude la tenaille trop, de grosses larmes silencieuses trempent l'édredon, la laissant frissonnante, épuisée. Le matin, si la fermière lui trouve une petite mine, elle dégaine son remède favori : des rondelles de saucisson, qui l'écœurent.

Peu à peu, ils s'endorment tels des chatons, nichés l'un contre l'autre. C'est un moment comme avant, avec Clémence. Pauline rêve – un rêve dans sa langue, une parade de dauphins – quand Bâtard aboie dans la cour. Les Granger rentrent de leur expédition ! Elle se lève prestement, en oublie ses chaussures, et tel un petit feu follet aux pieds nus traverse la cour en silence.

— Mais mange donc, grande bête ! C'est bon pour toi.

Chaque semaine, c'est la même chose, Pauline repousse son assiette, où gît une cervelle fumante, tremblotante, répugnante. Elle se force pour le fromage et les petits-suisses, ces aliments acides, à la texture étrange, mais la cervelle, rien à faire, cela ne passe pas. Le père Granger, qui, d'habitude, quitte la table excédé, paraît aujourd'hui prêt à bondir sur elle.

— Fais-la bouffer, la *pinpigne*[1], enjoint-il à sa femme. Là-bas, ils crèvent la dalle et elle ne veut pas nos assiettes ? C'est quoi, ça ?

Pauline tente d'avaler une bouchée, qu'elle recrache aussitôt. En présence de l'homme, la peur ronge son cœur et ses membres, on dirait que ses organes bougent tout seuls dans son corps.

— Je t'apprendrai, moi, à jouer au hamster. Tu vas casquer, arrête de faire ta tête d'âne !

Granger lui enfonce un doigt dans la bouche pour la forcer à déglutir. Un doigt sec, osseux, dont l'ongle lui blesse le palais. Elle a envie de mordre mais préfère recracher.

— Mange, je te dis. J'ai tout mon temps, moi.

On n'entend que le tic-tac régulier de la belle horloge creusoise, indifférente à tout.

1. Enfant difficile.

Le paysan l'a tenue en ligne de mire jusqu'à deux heures de l'après-midi, et la fillette a finalement dû s'exécuter, avaler la viande honnie. Elle n'a même pas pu compter sur Bâtard, attaché dehors, pour l'aider à finir ses rognures en douce. Satisfait de sa victoire, le père Granger allume une cigarette.

— Tu n'as rien de mieux à faire, surtout aujourd'hui ? le morigène sa femme. Tu as déjà oublié qui vient cet après-midi ?

Pauline tend l'oreille. Depuis des mois, elle a appris à décrypter leurs mots rares, leurs gestes économes, leurs silences. Dans la routine des jours, elle se repère mieux, se glisse dans les coins de leurs paroles, explore leur sens. Sur le qui-vive, elle cherche à récolter le plus d'informations possible, à se souvenir de tout. Parfois, elle rêve de se lever et de s'en aller, droit devant elle, sans se retourner. En sachant qu'elle n'irait pas loin : ces nouvelles terres lui paraissent sans fin, un enchevêtrement de vallées et de plateaux hostiles, infranchissables, relief où elle se perdrait cent fois. Même le ciel, couleur bitume, semble en deuil ici. Prisonnière d'un décor où elle n'est qu'intruse, elle observe la fermière, ses cheveux en bataille, son front luisant, ses joues rougies par l'effort. Ce matin, Mme Granger a passé le balai dans les coins, lavé à grandes eaux, ouvert les fenêtres pour aérer et descendu un lit aux draps frais dans la pièce glaciale du fond, celle où personne ne va jamais.

— Allez, va le chercher.

— D'accord, répond le paysan. Mais ne le laisse pas se laver chez nous. Tu crois que c'est le confort, là-bas ?

Éberluée, Pauline se retrouve face à Gaëtan, son chapeau à la main. Dans la lumière crue, effarée, elle remarque une tache bleue sur sa tempe, des marques verdâtres sur ses avant-bras ; une vilaine entaille lui barre l'arcade sourcilière.

— Enlève tes bottes, tu vas tout nous salir.

Gaëtan reçoit des vêtements propres, un peigne, et l'ordre de se laver au jet d'eau dans la cour. Dehors, le thermomètre affiche huit degrés.

— Tu viens habiter avec nous ?

Pauline sent l'espoir l'envahir.

— Ça m'étonnerait, répond Gaëtan.

Vêtu d'une chemise, d'un pull et d'un pantalon propres, on dirait un autre garçon. Profitant de l'absence de son mari, la femme lui sert un bol de Banania et des tartines épaisses comme ses cuisses. Gaëtan, qui ne mange jamais chaud et se désaltère souvent dans des bassines d'eau de pluie, avale la pitance à une vitesse prodigieuse.

— Si on te demande quelque chose, tu dors là, compris ? lui explique Mme Granger en désignant le lit. Ne va pas faire une *couffe*[1].

Des pneus crissent dans la cour, une portière claque, et Bâtard aboie.

— Bonjour, mademoiselle Servat.

— Bonjour, madame Granger. Fait frisquet, ce matin. Comment vont les petits ?

— En pleine forme, comme d'habitude.

La dame tourne autour de Pauline et de Gaëtan, les jauge des yeux, tapote leurs joues, leurs épaules.

— Propres comme des sous neufs. Ça fait plaisir.

1. Erreur.

Pauline hoche la tête, Gaëtan fixe l'horloge, comme si elle pouvait parler ou remonter le temps, le temps d'avant. La dame leur tend un paquet de vêtements.

— Prenez-en soin, les enfants, il s'agit de votre trousseau.

Puis elle accepte une large tranche de gâteau creusois à la noisette en soupirant d'aise.

— Et l'école ? Faut bien travailler à l'école.

— Ah, pour ça, ils s'appliquent, répond la fermière. Mais ils ont encore du retard.

— Bah, d'où ils viennent, glisse l'inconnue, les études, vous savez...

Pauline observe la scène en étrangère, elle en a pris l'habitude. Pourquoi ment-on ainsi à cette femme ? Gaëtan n'a jamais mis les pieds en classe. Elle découvre de nouveaux mots : pupilles, famille d'accueil, assistance sociale. Le dictionnaire de son monde désormais. Le père Granger revient, l'air intimidé.

— Bravo, monsieur Granger, c'est du bon boulot.

— Dame, on fait ce qu'on peut ! Je dois souvent *rougner*[1] sur lui... Un vrai caillou ! Mais allez, c'est la jeunesse, ça lui passera... Vous prendrez bien une petite fine, madame Servat ?

— Merci, c'est gentil, mais je ne veux pas abuser, il me reste deux familles à visiter.

La mascarade jouée à l'étrangère n'a pas duré vingt minutes. Tandis que les Granger escortent la

1. Crier.

visiteuse à sa voiture, Gaëtan se rapproche de Pauline et lui glisse un objet en bois dans la main.

— C'est pour toi. Taillé avec mon couteau !

Pauline ouvre les doigts. Apparaît un petit dauphin, lisse, poli, comme ceux de là-bas. Elle imagine le soleil ardent, la mer argentée, l'animal en liberté.

— *Nou artrouv*[1].

Elle ferme les yeux, émue par la pensée sculptée de Gaëtan. Il la protège. A deux, ils pourront affronter ce monde hostile dont elle connaît si peu les rouages, les coutumes. Pauline cache soigneusement le fétiche dans la poche de sa valise sous son lit. Personne ne doit le retrouver, il lui appartient !

— Cannibale ! Tu n'as qu'à rentrer dans ton pays !

Pauline ignorait ce mot – « cannibale » – mais doutait que ce soit un compliment. Alors elle a vu rouge, balancé une gifle à la fille. L'autre s'est débattue en lui arrachant des cheveux, elles ont roulé dans la cour gravillonnée. Furieuse, la maîtresse a prévenu Mme Granger. Pauline s'est battue ! Et contre une « grande », encore ! Ça ne peut plus durer, il va falloir sévir. Dans la cour, consignée sur un banc, la « coupable » frémit toujours de rage. La fille, qui l'avait déjà embêtée, saigne du nez. Dès qu'elle aperçoit Mme Granger, Pauline se lève et crie :

— Maman !

Le mot lui a échappé, et dans la voiture son écho la torture. Cette femme n'est pas sa mère, mais tout

1. Au revoir.

se brouille en elle. Elle attend depuis si longtemps et personne ne vient. La fermière a un sourire scotché au visage. Elle n'évoque pas la bagarre, prévoit de la neige pour demain, et Pauline la sent joyeuse, légère, presque fière. Le père Granger arrive à dix-neuf heures, d'un pas plus lourd que d'habitude, en tempêtant :

— Il est parti ! Je le trouve plus !

— Qu'est-ce que tu racontes ?

— J'ai regardé partout. Le garçon, il y est pas ! J'ai été jusqu'à la *clide*[1].

Avec sa femme, ils sont retournés à la grange, à la mare, en bordure des champs, dans la combe. Rien. Seul le silence a répondu à leurs appels. Puis Granger est parti dans la 4 L voir si ce « caillou » de Gaëtan ne traînait pas sur la route.

Pauline n'est plus qu'attente, déchirure.

— Tu veux dîner, petite ?

Les mots la fuient, elle fait « non » de la tête. Comment avaler quoi que ce soit ? Impossible que le garçon au dauphin l'ait abandonnée. Elle a envie de hurler de rage et de tristesse. Tous ceux qu'on aime s'en vont-ils ainsi, sans se préoccuper d'une petite fille ?

Soudain, des phares trouent la nuit blanche, on dirait qu'il pleut du coton, mais Pauline n'a pas le cœur à s'émerveiller de la première neige de sa vie : le paysan est rentré seul dans sa voiture. Gaëtan ne dormira pas sur son lit de foin ce soir, et il lui faut éloigner l'image de lui dehors, dans l'obscurité glaciale, l'air blanc tapissant de givre

1. Barrière d'une clôture.

la prairie bleu marine, effaçant les contours de la grange, qui paraît soudain à la fillette un havre de paix, un refuge bienfaisant dont le fuyard s'est privé. Elle passe une nuit blanche, vigie muette au pied de son lit. Le lendemain, elle refuse d'aller à l'école, prétextant un mal de ventre. Tout le monde s'en fiche, Mme Granger tourne en rond, maugrée, soupire en déplaçant sans cesse des objets. Son mari est reparti battre la campagne avec Bâtard dans ses pattes. À midi, la fourgonnette des gendarmes les tire de leur torpeur. Ils ne sont pas seuls.

— Il errait, votre protégé, assure le capitaine, tenant fermement Gaëtan par l'épaule. Tout au bout de chez les Legrand !

Le garçon a le regard fou, l'air d'un vagabond maculé de boue. Pauline voudrait se précipiter, l'enlacer, mais il ne faut pas trahir leur complicité. Les Granger remercient les gendarmes, qui refusent un verre à regret.

— Alors, sale caboche, tu comptais aller où, comme ça ?

Le père Granger le secoue comme une marionnette et le traîne par l'oreille jusqu'à la grange. Muet, hagard, Gaëtan a l'œil affolé d'un cheval qu'on fouette.

— Et toi, tu attends quoi ? aboie-t-il en direction de la fillette. File dans ta chambre.

Pauline pleure de panique, impuissante à aider le revenant. À sa grande honte, ce soir-là, elle souille son lit pour la première fois, incapable de se retenir. Que dirait sa mère ?

Les semaines suivantes, Pauline n'aperçoit presque plus Gaëtan. Le père Granger le fait travailler plus encore, sans le lâcher d'une semelle. Elle a seulement pu lui glisser dans la poche deux pommes de terre encore tièdes, un peu écrasées, et des œufs durs chipés dans un saladier. Elle a vu ses traits harassés, son nez qui coule, ses engelures aux mains. Il se réchauffe comme il peut, monté sur un tabouret, au contact de l'unique ampoule extérieure, celle qui éclaire la cour au-dessus de la porte d'entrée. En ce mois de février, l'hiver est décidément l'ennemi, le paysage un tableau d'épouvante où des silhouettes d'arbres dénudés griffent des champs nimbés de brouillard. Des perles de glace transparentes habillent les fenêtres. La bise rougit les oreilles jusqu'au sang, et Pauline grelotte sans cesse malgré la brique chaude déposée par la fermière tous les soirs sous ses draps. Il n'y a plus de lumière, le soleil a disparu, est-il parti chez elle ? L'hiver règne aussi dans son cœur, le chagrin est un vertige, un compagnon de tous les jours. Personne ne vient à la ferme, hormis le marchand de bestiaux, un type de Sainte-Feyre au regard sévère, à l'oreille poilue, à moitié coupée. Les gens d'ici sont tous abîmés, mutilés. La fermière a parlé d'un accident de chasse et Pauline a fermé les yeux devant les images qui lui venaient. Depuis, elle évite de le regarder. En revanche, elle apprécie la gentillesse du facteur, même s'il n'a jamais de lettre pour elle ; il s'accroupit à sa hauteur et glisse souvent dans sa poche une sucette au caramel Pierrot Gourmand qu'elle fait durer le plus possible sur sa langue ou fondre dans un verre d'eau en guise de jus de fruits. Ici, ils ne connaissent que les pommes, les poires, les prunes, les châtaignes. Quand elle écrira parfaitement, elle enverra une lettre à Gramoune et à Maman, leur implorant de venir la chercher, la délivrer de cette prison glaciale, ceinte de murs de brume, de nappes de neige. Et Gaëtan l'accompagnera.

Un grand cri la sort de sa rêverie.

Un hurlement qui la fige sur place.

— Roger, Roger !

Affolée, Mme Granger traverse la cour. Enchaîné, Bâtard aboie comme une bête soudain féroce. Pauline fonce vers la grange, évite le barrage de la femme, pousse la porte. Et le voit. Lui ou plutôt ses mollets maigres, tavelés de bleus, ses pieds nus écaillés de crasse. Lentement, son regard remonte le long des jambes de Gaëtan jusqu'à son visage, presque serein, comme s'il nageait dans une eau invisible, mais sa langue est sortie et sa peau noire a bleui.

— Nom de Dieu de nom de Dieu !

Stupéfait, le père Granger saisit l'escabeau, tient les jambes du malheureux pour soulager la pression du corps, sans pouvoir dénouer la corde autour de son cou. Foudroyée, Pauline sent son cœur se vider d'un coup. Mme Granger hurle toujours, sans parvenir à couvrir les aboiements fous du chien. Le paysan prend une hache, cogne, s'acharne sur la poutre, les copeaux giclent dans les yeux de Pauline tétanisée. Gaëtan choit d'un bloc, comme un pantin mou, sur le sol jonché de petit bois.

Pauline se précipite. Il respire, à peine.

— Je préviens le Dr Lenormand, souffle la fermière en se ruant dehors, l'horreur sur les talons.

Pauline reste avec Granger et Gaëtan. Bras ballants, le fermier hausse les épaules, Pauline se penche sur la poitrine du supplicié, qui se soulève faiblement.

De la nuit, Pauline ne gardera que des flashs : Mme Granger tremblant du menton ; l'air mauvais, effrayé, puis indifférent de son mari ; le docteur installant doucement Gaëtan inconscient à l'arrière de sa voiture. Le garçon la quitte encore, pour l'hôpital de Guéret. La visite de l'assistante sociale s'est faite ensuite sans politesses ni gâteaux. L'atmosphère, les visages étaient graves.

— Comment va-t-il, le gosse ?

— Il s'en sortira, répond la femme, encore sous le choc. Mais on a frôlé la catastrophe... Je me demande ce qui lui a pris.

Réfugiée sous la table avec le chien, sa place coutumière, Pauline n'en perd pas une miette. Gaëtan vivra ! Il va revenir ! Elle se retient de hurler de joie.

— C'est mon troisième. Troisième, vous vous rendez compte ! s'exclame Mme Granger. Je ne sais pas ce qui se passe avec ces oiseaux des îles. Ils devraient pourtant être heureux, ici, non ?

— Et quand j'en aurai d'autres ? interrompt Granger. C'est qu'il y a à faire ici.

— Pour ça, ne vous inquiétez pas, rassure la dame. Il en arrive presque chaque semaine de La Réunion. Je vous proposerai deux pensionnaires très vite.

— Et la petite ? demande la fermière.

— Elle part avec moi. On lui a trouvé une famille. En ville. C'est mieux comme ça.

Mme Granger soupire.

— Je vais la chercher, alors, avec son *pochon.*

La valise de Pauline, cette gueule sombre dans laquelle tient sa vie miniature, a été vite bouclée. Interdite, elle a vu la paysanne rassembler ses cahiers, son cartable, ses dessins.

— Tu vas voir, tu seras bien chez ces gens-là. Tu n'es pas une gosse de la campagne, toi. Ça se sent tout de suite.

Soudain elle ajoute, contrite :

— Je suis désolée, tu sais…

— Et Gaëtan ?

— Il va se refaire une santé, ne t'inquiète pas. Il est costaud. À cet âge, on récupère vite. Et il ira sans doute à l'école.

Puis le silence a gagné. De l'entrée, le père Granger lui adresse un vague salut en marmonnant. Roide de colère et de peur, Pauline passe devant lui. S'il n'avait pas harcelé Gaëtan, s'il ne l'avait pas battu, cette horreur ne serait pas arrivée. Gaëtan et elle attendraient ensemble le retour de leurs parents. Comment endurer la violence de cette nouvelle séparation, de ces abandons successifs ?

L'assistante sociale lui tient fermement la main. Indécise, partagée entre la honte et la peine, Mme Granger n'ose pas l'embrasser, Pauline sent sa gêne et ne trouve pas la force de lui sourire. La fermière effleure maladroitement sa tête en un « Adieu, fillette » presque inaudible.

Pauline s'arrête devant Bâtard, deux caresses sur sa bonne tête en guise d'adieu, et les voilà parties en voiture, par champs, collines grises et bois raidis par le gel.

— En ce moment, c'est un peu triste, meuble l'assistante sociale, mais on t'emmènera voir les remparts de La Souterraine ou à Aubusson. Tu sais ce que ça signifie, *aubusson*, par chez nous ? Le « bossu », c'est rigolo, non ?

Pauline ignore l'adulte, qui poursuit dans l'anodin :

— Au printemps, tu verras aussi les fleurs, les prés, les papillons. Tu aimes les papillons ?

Pauline imagine mal quelque chose pousser sur cette terre si ingrate. Elle revoit les fleurs de chez elle, leur bonnet orangé dont elles s'amusaient à coiffer des poupées avec Clémence, les papillons ivres de lumière et de pollens capiteux. Depuis combien de semaines se trouve-t-elle là ? En perdant sa sœur et sa mère, elle a perdu la notion du temps. Elle chasse la dernière vision de Gaëtan. Comme si elle l'avait deviné, l'assistante sociale glisse :

— Tu le reverras, tu sais. On ne va pas très loin.

— Je reste à la même école ?

— Non.

Alors Pauline tout à coup s'anime :

— Et dans ma nouvelle école, il y aura Clémence ?

— Qui ?

— Clémence, ma sœur.

Décontenancée, la femme évite son regard.

— Heu, non… Mais tu vas te faire des petites amies.

Pauline appuie son front contre la vitre glacée. Le silence déborde ses pauvres pensées. Elle ne croit plus ces adultes évasifs, menteurs, qui la trimballent d'un endroit à l'autre, comme un vulgaire paquet. Elle est l'animal effrayé dont on change la cage, celle qu'on pousse dans une voiture, l'enfant si loin des siens.

— Nous y voilà. À Guéret, chef-lieu du département. Et en plein centre-ville, tu as de la chance. Beaucoup aimeraient être à ta place, crois-moi.

Riant jaune, l'adulte la guide vers un immeuble qui paraît immense à l'enfant – cinq étages ! Quand il faut s'engouffrer dans une boîte nommée « ascenseur », Pauline se fige. Comme l'escalator de l'aéroport, ça lui paraît une drôle d'invention ! La porte s'ouvre sans qu'on ait appuyé sur le bouton de la sonnette, on devait les attendre. Une petite dame blonde et ronde, aux cheveux savamment bouclés sur le front, se tient à côté d'un homme rondouillard à la moustache noire et aux traits charnus. Émus, ils la dévisagent.

— Pauline, je te présente M. et Mme Gervais. Ce sont tes nouveaux parents.

Nouveaux parents… Pauline sent les mots tourner dans sa tête, avant de s'y loger, aux aguets.

— Nous allons bien nous occuper de toi, Pauline, dit la dame, les yeux humides. Je m'appelle Martine, et voici mon mari, Jean-Paul.

Pauline observe une case encore plus étrange que celle des paysans Granger. De lourds rideaux, une table couverte d'un napperon, des fleurs dans des vases, des guirlandes accrochées aux papiers peints. Et des objets partout, des « bibelots », comme ils disent, sur la table basse, les étagères, la bibliothèque. Au milieu de la pièce trône un gâteau orné d'une cerise orpheline.

— Regarde, je l'ai préparé pour toi. Tu dois avoir faim après tout ce voyage.

Mme Gervais a la voix qui flanche. Pauline accepte du jus de pomme mais refuse la pâtisserie crémeuse.

Soudain surgit un garçon aux cheveux coupés en brosse, l'air renfrogné, mutique, presque menaçant. Les adultes sourient vraiment pour la première fois.

— Lui, c'est Aymeric. Notre fils. Ton frère, donc. Il a neuf ans.

La pièce se met à tourner, elle va défaillir, il fait trop chaud. Les voix de ces étrangers sont diffractées par les murs.

Ce garçon ne lui ressemble en rien, elle ne comprend pas ces gens, comment peuvent-ils être ses parents ? Elle a déjà une famille, qui l'attend. Elle voudrait s'enfuir, reprendre l'avion, rentrer enfin. Comment leur faire comprendre que sa place est aux côtés de Gramoune, de Clémence, des siens ?

Pauline sent la bile monter, son estomac se soulève, et elle vomit en jet sur le tapis violet.

— Je veux ma maman, dit-elle entre deux hoquets.

— Si tu le veux bien, je serai ta nouvelle maman. Donne-moi un poutou.

L'inconnue avance les lèvres dangereusement.

On la porte jusqu'à un lit rose, encombré de peluches et de poupées. L'assistante sociale lui a nettoyé le visage au gant, puis les mains de cette Mme Gervais ont rafraîchi ses tempes. Elle aurait aimé tenir entre ses doigts le pendentif de Gaëtan, qui la veille pendant qu'elle dort, mais elle n'a pas la force de se lever et plonge dans un sommeil capricieux, où le visage du garçon l'attend. Elle ignore encore que sa vie vient de changer, radicalement.

Avril 1964

Le médecin a d'abord parlé de fragilité, de changement de régime alimentaire, de grosse fatigue. Mais la fièvre de Pauline grimpe chaque jour, envahit son corps. Sur l'oreiller, sa nuque est lourde, ses cheveux sont trempés, son corps si frêle sous le drap. Dans sa gorge loge un feu inextinguible, brûlure dévorante qu'aucun liquide n'éteint. Elle ne peut rien avaler, même l'eau la déchire. Le médecin suspecte un abcès dans la gorge. L'étonnant est qu'elle ne supporte plus la lumière.

— Il y a des complications, il faut l'emmener à l'hôpital.

Ponction, piqûres, soins. Une fatigue inconnue monte en elle comme un embrasement. La petite flotte loin de cette chambre blanche. Elle perçoit une certaine agitation, des hommes en blouse parlent aux Gervais, tandis qu'elle entend vrombir la funeste camionnette rouge, sent les bras de Clémence autour d'elle, revoit le corps désarticulé de Gaëtan à un mètre du sol. Parfois elle délire, appelle sa Gramoune. Elle rêve aussi des orages de là-bas, de ces gouttes qu'on lape dans la main, le visage tourné vers les glorieux nuages, du manguier qui semble remercier pour cette pluie chaude, du souffle du vent qui vous rhabille de fraîcheur. Le sommeil l'entraîne, fétu de paille dans la rivière du Mât, poisson parmi les poissons. Elle n'entend pas Mme Gervais qui vient la voir tous les jours, distingue à peine les infirmières aux gestes sûrs et les médecins surpris par la violence martyrisant ce petit corps.

— Faites quelque chose. Elle s'en va, la poussinette, geint Martine.

— C'est une encéphalite limbique, madame, précise un jeune médecin. Nous nous battons contre quelque chose de très rare et de très méchant. Les prochains jours seront cruciaux.

Pauline traverse une plaine immaculée, dans un corps insensible, éthéré. Elle ne voit que sa mère, sa mère et son bon sourire, mais celle-ci ne l'aide pas à retrouver son chemin, elle disparaît plutôt. Elle est seule, corps astral entre deux mondes, petit fantôme dont la forme sur le lit semble s'amenuiser chaque jour davantage. Et puis un matin comme un autre, elle ouvre les yeux, un faible soleil illumine la chambre.

— Maman, articule-t-elle difficilement.

Une adulte dont elle se souvient à peine se lève en lâchant son journal.

— Je suis là, ma chérie.

Dans l'interstice qui s'ouvre entre ses paupières gonflées, Pauline tente de la reconnaître. La dame sourit gentiment, lui sourira tous les jours, guettant sur son visage les premiers signes de la reconquête. La pâleur s'estompe, la fièvre baisse, Pauline reste éveillée plus longtemps, s'adosse à l'oreiller, à la grande satisfaction des docteurs.

— C'est une guerrière, votre fille. Elle va s'en sortir. Sans séquelles, espérons-le.

— Je la retaperai, docteur. Vous verrez, bientôt elle aura oublié cet enfer.

Pauline suit des yeux le rayon de lumière qui vient frapper le mur et faire danser des particules de poussière. La femme parle beaucoup, du retour du printemps, des notes de son fils, de son métier de coiffeuse.

— Là où je passe, les racines trépassent, dit-elle dans un rire de gorge.

Elle aime à répéter « Je suis la reine de la permanente ». Pauline entend à peine toutes ses histoires de clientes, d'hommes qui quittent leurs femmes, d'épouses qui prennent des amants. Dans la rumeur des ragots, elle rassemble ses forces, son corps respire mieux, mais son esprit demeure embrumé. C'est l'obscurité même quand il fait jour. Aujourd'hui, le mari est passé la voir, avec un ballot de chocolats, qu'il a croqués seul, et un gros livre de la comtesse de Ségur, resté fermé sur la table. Il vend des encyclopédies dans les campagnes, lui a-t-il expliqué. Pauline ignore ce qu'est une encyclopédie, mais l'homme semble fier de son métier. Par chance, il parle moins que sa femme. Les médecins la palpent, l'auscultent, l'obligent à tirer la langue de manière ridicule. Elle se laisse manipuler, en petit animal blessé conscient d'avoir échappé à un grand péril. Un de plus dans sa courte vie.

Un jour, la porte s'est ouverte sans se refermer, les Gervais sont venus la chercher, tout excités. Pauline ne comprend pas ce tohu-bohu. Elle se laisse habiller et sortir de l'hôpital en fauteuil roulant. Puis retour au creux d'un lit dans l'étrange case de l'immeuble de cinq étages, des journées entières, avec pour seuls compagnons peluches et poupées.

Elle a envie de rétrécir, de redevenir bébé, avalée par les couvertures. S'endormir et se réveiller ailleurs. Mais où ? Elle se laisse dériver, les souvenirs la désertent, la fièvre a tout balayé sur son passage, sauf quelques sensations venues de loin : les tempêtes de soleil, le vent ébouriffant les champs de cannes, la mer hérissée fouettant ses jambes.

Il lui faut tout réapprendre, marcher jusqu'aux toilettes, avaler sans s'étouffer, se laver allongée dans une longue bassine blanche, une baignoire, le « grand luxe », comme disent les Gervais, tout le monde n'en a pas à Guéret. Dans l'eau chaude, ses os pointus émergent comme de petits ailerons.

— Laisse-moi arranger cette tignasse, lance Mme Gervais, enjouée.

Pauline fait « non » de la tête.

— Je ne suis pas sûre de savoir m'en occuper de toute façon. Tu es Boucle d'Or, ma Boucle d'Or à moi.

L'adulte l'enveloppe d'un cocon de mots, de gestes, d'attentions, chaque semaine Pauline a droit à un nouveau jeu, une dînette, une maison de poupées. Avec qui s'amuserait-elle ? Elle voit rarement le garçon qu'on dit être son frère. Elle l'entend sauter sur son lit, pousser des cris barbares, taper la balle dans le couloir. Mais Aymeric, c'est le nom que répète sa mère, n'entre jamais dans sa chambre.

Un jour, il s'est arrêté au seuil de la porte, stupéfait de la trouver là. Quand elle a pu enfin venir à table, victoire saluée par les adultes comme un exploit, le garçon l'a scrutée de nouveau. Avant d'esquisser de drôles de grimaces. Si c'était pour la faire rire, c'était raté.

Un soir, le couple s'est assis chacun d'un côté du lit, comme à l'hôpital, l'air embarrassé. Mme Gervais lui tenait les mains si fort que ses bagues entraient dans la paume de la fillette.

— On a quelque chose à te dire.

— Ou plutôt à te demander.

— Eh bien voilà, se décide Mme Gervais. On aimerait bien t'appeler Isabelle. Isabelle Gervais, ça sonne bien, hein ?

Le sourire aux lèvres, l'inquiétude dans les yeux, ils la fixent intensément. Pauline les dévisage l'un après l'autre, sans un mot. La maladie a émoussé ses défenses, tout se confond dans sa tête.

Qui est-elle ? Elle a laissé son identité près de la rivière, sur la route bordée de flamboyants. Elle a oublié les siens, sa langue, son pays, l'ordre du monde d'avant. Si vulnérable, elle a été comme endormie après ce long voyage qui l'a menée jusqu'à ce couple, jusqu'à la Creuse. Elle quitte la vallée de son enfance, tout ce qu'elle a connu, aimé. Gaëtan ne reviendra pas, il lui a été arraché lui aussi, comme son passé. Elle était Pauline, une étrangère. Elle sera Isabelle, considérée peut-être avec moins de curiosité. Lentement, elle hoche la tête. Abdiquant. Acquiesçant. Qui sait où l'emmènent ses pensées ? Pense-t-elle, au moins ? Mme Gervais la serre dans ses bras. Mme Gervais, la nouvelle maman d'Isabelle.

Mai 1968

— Mange, Isabelle, c'est du réglisse !

— Menteur, des crottes de mouton !

À dix ans, Isabelle ne se laisse pas abuser. Elle l'aime bien, son frère, mais elle lui répond du tac au tac, même quand du haut de ses quatorze ans il la houspille, cherche à la tourmenter. Les fines plaisanteries sur son prénom avaient débuté dès sa guérison : « Isa le laideron », « Isa laide », « Isa moche ». Dès que les parents tournaient le dos, Aymeric piquait ses affaires, entrait dans sa chambre couvert d'un drap blanc pour l'effrayer. Jouant les indifférentes, elle avait fait front, caché ses craintes, sans cafter aux adultes. Et cela avait réussi, le garçon s'était calmé. Aujourd'hui, Aymeric l'ignorerait presque, enfermé à clé dans sa chambre à rêver d'une Mobylette, à faire hurler Johnny et Eddy Mitchell sur son tourne-disque, ce qui rend les parents furieux.

« Les parents »... La fillette a mis du temps à prononcer le mot, comme à répondre à ce prénom exotique : Isabelle. Au début, oubliant que l'on s'adressait à elle, elle ne réagissait pas. Alors la femme chantonnait « Isabelle, Isabelle, tu bayes aux corneilles » pour qu'elle comprenne enfin qu'on lui parlait, que c'était *elle.* Dans sa tête, les syllabes se chevauchaient, « Paulinisabelle », rappelant un autre mot d'ici qu'elle adorait, « mirabelle ». Elle avait dû les apprivoiser, ces sonorités : I-sa-belle, les faire glisser sur sa langue, les suçoter, les malaxer. Peu à peu, « Pauline » s'était éloignée, une nouvelle fillette avait vu le jour. Plus réservée, d'un naturel sérieux, pondéré, douce avec ses proches, méfiante envers l'extérieur, qui parlait peu, mais observait, réfléchissait beaucoup. Mais elle aimait aussi danser seule au milieu du salon sur « Comme un garçon », de Sylvie Vartan, ou « Siffler sur la colline », de Joe Dassin, ses deux idoles, tandis que son « père » fredonnait du Brel et du Bécaud. Avec lui, ça avait été compliqué. À sa sortie de l'hôpital, elle l'appelait encore « monsieur Gervais », s'éclipsait quand il arrivait, baissait les yeux au dîner, refusait de lui faire la bise. Heureusement, elle le voyait rarement, son travail l'obligeait à écumer la région en voiture avant de s'affaler « crevé » devant la télévision, achetée pour suivre le journal télévisé et les « variétés », Guy Lux et Danièle Gilbert ou l'Eurovision sur les deux chaînes, l'une en noir et blanc, la seconde en couleur. Une bière en main, il pestait contre les gauchistes, les « marginaux » qui fomentaient une révolution à Paris. Il parlait de monter à la capitale pour soutenir de Gaulle contre la « chienlit » – ce mot amusait la fillette –, mais il y avait toujours des encyclopédies à vendre au porte-à-porte, des objectifs à atteindre, des crédits à rembourser. La fillette se souvenait du père Granger, craignait le retour des pas lourds, des réflexions acides, des doigts dans sa bouche pour la gaver comme une oie… Elle se rappelait ses séjours sous la table, les disputes entre les fermiers, la peur qui tordait ses entrailles, les coups infligés à ce pauvre Gaëtan. Elle se le rappelait, mais comme dans un brouillard, cette brume qui enveloppait la ferme Granger. Cet homme-là, Jean-Paul Gervais, le mari de Martine, avait mis du temps à apprivoiser la fillette. Et puis, un jour, elle l'avait surpris à dessiner de drôles de personnages sur la table de la cuisine. S'approchant timidement, elle avait découvert tout un univers de fées, de dragons, de licornes, de palais enchantés. Jean-Paul Gervais avait le trait fin et sûr. Ses dessins ravissaient la petite, qui les accrochait en éventail autour de son lit. Un jour, il lui avait offert du matériel, une mallette « professionnelle », avait-il répété dans un gentil sourire, avec trente-deux couleurs ; pour la première fois, ils avaient crayonné ensemble, en silence, mais côte à côte, et elle s'était sentie en confiance, en paix. Au printemps, il lui avait offert un parapluie brodé d'une grenouille rouge. Elle le déployait partout, même à l'intérieur des pièces, s'en faisant une armure. Tout doucement, il l'avait apprivoisée, et un jour, alors qu'il lui lisait une histoire, toujours la même, elle avait murmuré :

— Papa, tu as sauté une page.

Jean-Paul Gervais avait poursuivi son récit d'une voix mouillée. Il était devenu Papa pour la petite Pauline-Isabelle, qui, peu à peu, avait congédié ses souvenirs, son prénom d'origine, ses cauchemars de chez les Granger.

Avec Martine Gervais, ce fut différent.

De retour de l'hôpital, celle-ci l'avait veillée avec ferveur, la lavait avec un gant doux, lui massait les jambes, parfumait ses cheveux. Elle l'embrassait, la caressait, lui insufflait sa force, l'exaltant à revenir dans leur monde. Chez elle, la charge d'amour, de tendresse, passait par le corps et la voix. Sa présence constante, le flot de paroles qu'elle déversait sur l'enfant, l'avait empêchée de sombrer, tissant des liens de plus en plus serrés. Isabelle-Pauline s'était ouverte telle une fleur, et un après-midi elle l'avait appelée « Maman », naturellement. Martine avait rosi, séché une larme, et s'était remise à lui vernir les ongles des pieds. Martine aimait la vie, parlait, riait fort, débordait d'enthousiasme : les courses, les gâteaux, les brushings et même le ménage. Un véritable volcan en ébullition tirant l'enfant vers le présent, vers la vie.

Les Gervais, cette famille unie, avaient réinventé une enfance à la petite exilée à coups de parties de cartes, de virées au supermarché le samedi, de concours de la plus belle crêpe, de sorties à la piscine, de balades dominicales, le jour où il fallait « s'o-xy-gé-ner », de vacances au bord de la mer du côté d'Arcachon ou de Palavas-les-Flots.

Riche de cette force-là, Isabelle observe en souriant son grand nigaud de frère sur le chemin de leur promenade. Ce n'est pas encore aujourd'hui qu'elle les gobera, ces crottes de bique !

Pour l'entrée en sixième, Isabelle arbore fièrement un cartable neuf, la blouse bleue réglementaire, des chaussures vernies qui crissent à chacun de ses pas. L'école des grands, enfin ! Elle aime apprendre, moissonner les bons points, voir le sourire de Martine s'allonger jusqu'à ses oreilles. Elle a rattrapé son retard, répète « Mais où est donc Ornicar ? » à tout bout de champ, révise ses tables de multiplication dans son bain. Elle se sent prête et embrasse ses parents dans la cour, avant de suivre docilement la colonne se dirigeant vers la classe.

Une femme l'arrête.

— Tu as ta carte de cantine ?

— Non, c'est ma mère qui l'a.

— Et elle est où, ta mère ?

Isabelle pointe alors du doigt Martine en train de s'éloigner.

La femme – est-ce une enseignante, une représentante de l'administration ? – fronce les sourcils, étouffe un ricanement.

— Ah ça, ça m'étonnerait. Tu dois te tromper, petite. Achète-toi des lunettes.

Et de tourner les talons en haussant les épaules, laissant Isabelle perplexe. Pourquoi ne l'a-t-elle pas crue ? Que signifiait ce ricanement ? À l'école primaire, Isabelle avait subi son lot de moqueries, de quolibets : on lui demandait souvent si sa couleur de peau partait au lavage ou pourquoi ses cheveux refusaient de se laisser lisser et semblaient posséder une vie propre. On blaguait aussi son nom : « Gervais » faisait irrésistiblement penser à des petits-suisses, ce qui amusait en raison de son teint. Mais tout cela s'atténuait. Grande, élancée, à onze ans, Isabelle a une allure de faon, des jambes fuselées, nerveuses, un corps tout en miel, des yeux d'une beauté étrange dans un visage lisse et doux. Les garçons commencent à la regarder, et les filles, envieuses et dépitées, à imiter son allure.

Toute la journée, l'incident l'a perturbée. Le soir, après le brossage de dents, elle revient dans le salon familial.

— Êtes-vous mes parents ?

— Bien entendu, chérie, sursaute Martine. Pourquoi demandes-tu ça ?

Et Isabelle de rapporter la réflexion acerbe de l'adulte, son gloussement à la vue de Martine, sa défiance, son dégoût presque. En tout cas, elle l'avait ressenti ainsi.

— C'est un peu fort, s'indigne Jean-Paul. Demain, j'irai au CES[1], ils vont m'entendre.

— Mais pourquoi je suis noire, alors ?

— D'abord, tu n'es pas noire, argumente Martine, qui la surnomme « mon abricot ». Tu es marron, comme je te l'ai déjà répété. Ne dis pas de bêtises.

— En fait, tu es bronzée, poursuit Jean-Paul. C'est à cause d'un pigment appelé « mélanine ». Tu en possèdes plus que tes camarades. Et quand je dis « à cause », c'est plutôt une chance... Vois ce pauvre Aymeric, il n'arrive pas à bronzer, il collectionne les coups de soleil...

Les parents échangent un regard furtif.

Isabelle les dévisage, perplexe. À Guéret, elle croise souvent d'autres enfants, noirs comme elle, accompagnés par des familles de la campagne environnante. Certains lui adressent de grands signes avec la main. À chaque fois, elle éprouve l'envie de s'approcher, de leur parler, de partager leurs jeux. Elle sent les regards s'attarder sur elle, la scruter. Une fois, une voisine a demandé à sa mère si la petite retournerait bientôt « dans son pays ». Martine l'a fusillée du regard et plantée là en tirant sa fille par la manche. Troublée, Isabelle s'est demandé de quel pays il s'agissait. Lèvres serrées, sa mère s'est tue. Isabelle s'est efforcée d'oublier, de se

1. Collège d'enseignement secondaire.

fondre parmi les autres, pressentant là une énigme, un abîme où son instinct de survivante refusait de replonger. Elle aimerait tant ressembler aux autres filles à la peau couleur de lait, de crème, de nacre, aux cheveux lisses, mais non, elle est « marron » et ses mèches de sable font des caprices.

— Noir, c'est noir, la nargue son frère, inconditionnel de Johnny.

Elle a toujours aimé les fleurs. Celles que Jean-Paul rapporte à sa femme, des tulipes, des dahlias, des roses rouges pour son anniversaire, mais aussi les inaccessibles, comme les orchidées et leurs robes de grandes dames hautaines, les yeux jaunes des tournesols, et celles qu'on cueille au gré des promenades, les pâquerettes, boutons-d'or, clochettes, gentianes, marguerites. Elle sait leurs noms depuis toujours et se les répète dans son lit en chantonnant pour s'endormir dans leurs parfums. Les fleurs sont ses amies, ses complices. Elle s'est inscrite au Salon de botanique, doté d'un concours d'herbiers de fleurs sauvages, organisé par la mairie. Les dimanches, elle part avec ses parents en quête des plus jolis spécimens des environs, à Saint-Léger-le-Guérétois, Saint-Silvain, Montaigut, Gartempe, Saint-Vaury. Parfois, ils poussent jusqu'à Bourganeuf et son marché place du Champ-de-Foire, l'un des plus fréquentés du département. Ils en reviennent chargés de cèpes odorants, agrémentés d'une truffe ou deux, quand Jean-Paul a « les moyens ». Lors de ses expéditions, elle veille à ne pas dissocier les fleurs de leurs feuilles, tiges et pétioles, comme l'indiquent les manuels. Cet herbier est devenu sa fierté, partagée par Jean-Paul, qui rapporte d'autres plantes de ses tournées. Un lien de plus entre eux. Enfin, le grand jour arrive : pressés par Isabelle, les Gervais sont prêts avant l'ouverture du salon. Elle s'attarde à chaque stand, s'émerveille des boutures, des bouquets, pose mille questions, oubliant sa timidité avec les adultes, ce sentiment diffus, mais constant, cent fois réveillé, d'être différente.

Quand le maire s'adresse à la petite foule dans le micro qui crachote, les tempes de la jeune fille bourdonnent comme des abeilles.

— Nous sommes heureux de vous dévoiler le nom de la gagnante de notre concours. Il s'agit de Mlle Isabelle Gervais. Isabelle, venez nous rejoindre sur le podium, s'il vous plaît.

Flashs, discours et remise d'une médaille, avec laquelle elle dormira longtemps. Félicitée, photographiée, embrassée, Isabelle se souviendra jusqu'à son dernier jour de la caresse du ruban sur son cou, du contact de la médaille sur sa poitrine. Fleur parmi les fleurs, entre ses parents, au milieu des gens qui l'applaudissaient, elle s'imposait enfin. Cette force-là, rien ni personne ne pourrait l'en priver. Pour le moment, laissons-la quelques instants, rayonnante, avec ceux qui ont gagné sa confiance, qu'elle a appris à aimer, au milieu des fleurs qui embaument son chemin.

Août 1972

C'est l'été de son adolescence. Au camping de La Grande-Motte, Isabelle n'est plus une gamine, même si elle collectionne encore les figurines des garages Esso et les gadgets de *Pif*, l'illustré qu'elle lit sur la plage. Dans son petit maillot de bain rouge dont elle a choisi le soutien-gorge discrètement rembourré – sa poitrine tardant à éclore –, elle fredonne « La Musica », le hit de Patrick Juvet, en espérant ses règles. Les chanceuses qui utilisent déjà des « tampons » ne parlent que de ça en gobant des Treets et en écoutant Michel Fugain et son Big Bazar. Aymeric les toise, il ne jure que par Lou Reed, Led Zeppelin et, un ton au-dessous, Michel Polnareff. Quand l'incontournable tube de l'été, « Popcorn », de Hot Butter, retentit, il se bouche les oreilles en grimaçant. Il est bizarre, son frère : au lieu de regarder les jeux Olympiques de Munich avec son père, il parle de rejoindre le Larzac, « où ça chauffe avec les fachos » – Jean-Paul, fan de Sardou et plutôt à droite, vilipende ces « hippies », « cette jeunesse irrespectueuse ».

— Ce soir, ne parlons pas politique, plaide Martine.

— OK. Si tu nous épargnes Bruay-en-Artois !

La mort mystérieuse d'une jeune fille de seize ans, Brigitte, dans un terrain vague du Nord, émeut Martine comme la France entière, et s'invite un peu trop souvent selon Jean-Paul au dîner familial.

Or ce soir est un grand soir : Aymeric a décroché son permis du premier coup. Pour fêter cela, Martine a dressé une jolie table, salade de riz, avocats mayonnaise, gâteau au chocolat, le tout arrosé de mousseux pour eux et de Fruité pour Isabelle, car, comme le serine la pub, « Fruité, c'est plus musclé ». À vingt heures trente, la chaleur insiste et Jean-Paul arbore des rougeurs de crustacé. Moustiques et plaisanteries volent dans la dernière lumière du jour. On va jouer aux devinettes, comme tous les soirs. Repue, Isabelle éloigne son assiette, quand elle sent une main chatouiller ses cuisses. Croyant à un jeu, elle repousse Aymeric, mais déjà cela s'affole, tape, cogne dans sa petite poitrine. La main revient, plus violemment, des doigts secs et durs cherchent, sondent ses chairs. Pétrifiée, elle serre les jambes. Aymeric regarde droit devant lui, rit de leur mère qui imite une cliente revêche, pendant que Jean-Paul débarrasse la table. Elle est seule, face à l'effroi, la honte, l'obscénité. Impuissante, elle ferme ses yeux mouillés de larmes chaudes. Et le doigt continue, s'immisce dans sa culotte, la force, la blesse, la brûle à hurler. Mais elle ne crie pas, se lève d'un coup.

— Je dois m'allonger. Ça tourne…

Aymeric la fixe d'un air ironique et porte ses doigts à son nez dans un geste hideux.

— Ma choute ! Je viens avec toi, s'exclame Martine en dégainant la trousse de secours. Trop de soleil, je te l'avais bien dit !

Isabelle tente de l'éviter, difficile dans une caravane, tandis que les hommes vont s'en griller une. Elle voudrait s'être trompée, ne voir dans ce geste fou qu'une absurdité, mais au fond elle *sait*. Son frère l'a meurtrie, elle n'a pas de mots pour nommer ce qu'elle vient de subir. Elle l'ignore encore, mais en quelques secondes tout a changé pour elle.

Les mois suivants ont une couleur d'orage. Depuis « la chose », Isabelle évite Aymeric, se renferme sur elle-même. Elle le voit la regarder, chercher à l'espionner : il la frôle dans le couloir, passe sa langue sur ses lèvres de façon répugnante quand les adultes tournent le dos. Elle éprouve du dégoût et de la peur, détourne la tête s'il faut lui adresser trois mots à table. Elle se cloître dans sa chambre, la salle de bains, et Martine maugrée, n'apprécie pas ce « mauvais caractère ». Elle s'habille autrement, emprunte des chemises larges et blanches de Jean-Paul, enfile des pulls à col roulé. Quand elle ne peut éviter le tee-shirt, elle tire dessus pour escamoter ses formes. Elle refuse d'aller à la piscine, de dévoiler ce corps qui fait des siennes et la trahit. Elle ne veut plus grandir, devenir une femme. Quand ses règles arrivent, malgré le sourire ravi de sa mère, elle se recroqueville dans son lit comme une bête blessée. Elle alterne mutisme et colères soudaines, se cogne aux gens et aux objets, frappe parfois les murs de sa chambre. De plus en plus brusques, ses gestes lui échappent. Les verres tombent, les vases se brisent, les portes claquent. Bientôt, elle étouffe chez elle, à la sortie de l'école elle s'attarde à partager une Gauloise en moquant ces profs, ces « zombies » qui décidément ne comprennent rien. Elle repense souvent à cette scène à l'école et à la couleur de peau, se cognant à un mystère trop grand pour elle. On ne lui dit pas tout, on lui ment. Elle le sent, elle le sait. Alors elle essaie de chasser ces pensées dans sa tête. Elle rate souvent le bus du retour à la maison et téléphone à Martine, qui doit abandonner ses clientes pour venir la chercher. On la repère de loin en ville, ses cheveux ramassés en haut du crâne la grandissent davantage, avec ses pulls trop longs et ses jeans amples, elle flotte comme un petit drapeau au vent du désir. Les garçons font cercle autour d'elle tels des insectes pris au piège d'un soleil noir, ils la surnomment « Isabelle la Belle ». Elle les ignore. Ils n'existent pas, Aymeric non plus.

— Mais qu'est-ce qu'elle a ? demande tristement Jean-Paul à sa femme, le soir au lit.

Leur fille n'a pas ouvert son herbier depuis des lustres et refuse désormais de se joindre aux sorties dominicales en famille, prétextant de vagues devoirs à finir. Cette complicité perdue manque à Jean-Paul.

— Eh bien, elle devient une femme. Pas facile, tu sais !

27 juin 1974

— Isabelle, je ne te reposerai pas la question : que veux-tu faire cet après-midi ?

— Rien, maman, répond la jeune fille, ailleurs.

— On va en ville ?

Silence et geste d'humeur. Le jeudi, Martine ferme son salon pour « profiter de sa fille ». Au grand dam d'Isabelle, qui préférerait cent fois rejoindre ses copines à vélo, écouter le hit-parade d'Europe 1 ou Polnareff dans son mange-disque rouge qui avale tout rond ses quarante-cinq tours. « Polna » qu'elle adule maintenant, se refusant à avouer qu'elle doit cette passion à Aymeric. Celui-ci travaille désormais à Grenoble dans un garage, elle ne le voit presque plus. Bon débarras.

— Comme tu veux ! Si tu n'as pas envie de sortir, je vais relaxer mes jambes. Vingt ans debout, ça se paie, ma fille.

Elle s'affale dans le canapé.

— Peux-tu m'apporter mon livre de comptes ? Sur ma table de chevet ou sur mon lit.

Isabelle s'exécute, ravie de cette échappatoire. Dans la chambre parentale, jaune et rose, Martine a laissé cours à son goût très personnel, un grand arbre peint un dimanche déploie ses ailes sur un mur. Le lit est occupé par des vêtements roulés en boule, la table par des livres empilés, une pyramide de *Jalna* et de Guy des Cars. Au hasard, Isabelle ouvre le premier tiroir de la commode, là où Martine range ou plutôt enfouit les papiers, les factures, les traites, en espérant que les documents disparaîtront d'eux-mêmes. Elle finit toujours par payer, mais « la paperasse me barbe », dit-elle finement – « barbe », « cheveux », c'est amusant ! Pourquoi, parmi tous les feuillets plus ou moins froissés, Isabelle a-t-elle déplié celui-ci ? Plus tard, elle cherchera à comprendre. Il figurait en haut de la pile, semblait avoir été souvent consulté, peut-être la narguait-il dans sa blancheur administrative… Ce qu'elle lit agite de drôles de papillons au creux de son ventre.

Extrait de registre des délibérations du Conseil de famille des pupilles de l'État.
Consentement à l'adoption.
Les époux Gervais, demeurant 38, boulevard Saint-Pardoux à Guéret, ont demandé l'adoption plénière de

la jeune Rivière Pauline, née le 29 octobre 1957 au Tampon, à La Réunion, dont ils ont la garde depuis le 20 avril 1964.

Isabelle parcourt en diagonale le texte, bute sur les mots, revient sur la première ligne. Qu'est-ce que c'est que cette histoire ? Qui est cette Pauline Rivière ?

Le Conseil de famille, considérant que les époux Gervais remplissent les conditions requises par la loi et offrent toutes les garanties matérielles et souhaitables, considère que l'adoption qu'ils projettent est tout à fait conforme à l'intérêt de la jeune Pauline Rivière.
Après en avoir délibéré, le Conseil décide à l'unanimité de consentir à l'adoption plénière de la pupille de l'État Rivière Pauline par les époux Gervais.

Isabelle se met à trembler, la vue brouillée. Elle déchiffre à peine les tampons et la date, 1965. Les caractères se troublent, dansent entre les lignes tandis que leur sens s'immisce en elle comme un poison : adoptée. Ainsi, il s'agissait de ça ! Elle avait toujours éprouvé le sentiment diffus d'un secret, elle ressentait les silences, les gênes, chez elle, mais aussi dans la rue, il y avait eu, petite, cet incident à l'école, les moqueries de certains élèves, et bien sûr cette couleur de peau, ni noire ni blanche, si différente du reste de la famille. Elle s'était si souvent sentie exclue, sans pouvoir nommer cet isolement : elle n'avait jamais pensé à l'adoption. Pouvait-on se montrer bête à ce point, si ignorante ? Pauline Rivière, voilà donc comment elle s'appelait. Ce prénom allume de lointaines réminiscences, et un vague souvenir de ces trois syllabes, du *line* qui passait comme une caresse sur ses lèvres ; mais ce nom « Rivière » la renvoie à un trou noir, plus noir qu'elle. Ce nom lui est étranger, tout a disparu, son esprit cherche une piste mais s'enfonce dans une forêt obscure.

La jeune fille sort en titubant, des mouches devant les yeux.

Elle se plaque au mur pour ne pas s'évanouir. « Nous sommes le jeudi 27 juin 1974 et j'ai été adoptée, il m'a fallu dix-sept ans pour le savoir. » Voilà ce qui tourne dans sa tête égarée.

— C'est quoi, ça, exactement ?

Isabelle brandit la lettre. Martine reconnaît tout de suite la feuille et blêmit sous son maquillage.

— Où as-tu trouvé ce papier ?

— Dans tes affaires... J'ai été adoptée, c'est ça ?

Le mot peine à sortir, le prononcer, c'est rendre tout cela si réel, si vrai, si fatal.

— Laisse-moi t'expliquer.

Martine cherche à se lever.

— Ne bouge pas, ne me touche pas, madame... J'ai encore de la famille ? Des frères, des sœurs ?

— Mais non, penses-tu ! Tu étais orpheline, tu vivais dans une famille d'accueil... Des paysans, cela s'était mal passé... On nous a appelés, on n'en revenait pas de notre chance...

Face au silence d'Isabelle, Martine continue d'une voix étranglée :

— Je voulais tellement une fille. Et tu es arrivée, comme un cadeau. Nous t'avons tout de suite aimée, ton père et moi. Tu es née dans mon cœur...

Isabelle se raidit de colère.

— Mais pourquoi ne m'avoir rien dit ? Pourquoi toutes ces idioties sur le fait que j'étais bronzée et pas vous ?... On m'appelle « Blanche-Neige » au collège, tu le sais, ça ? Je sentais bien qu'il y avait un truc qui clochait, un mystère... Peut-être ne voulais-je rien comprendre, moi non plus !

Martine la dévisage, suppliante.

— On te voulait tout à nous. À l'époque, l'assistante sociale nous avait recommandé de nous taire. Tu étais malade et si petite. On voulait t'offrir une belle vie, te protéger...

— Et depuis, vous n'avez jamais eu l'occasion de me dire la vérité ?

Isabelle se cabre, se hérisse, les poings fermés. À cet instant, elle pourrait frapper celle qui semble rétrécir sous son regard glacial.

— Je ne vous le pardonnerai jamais. Jamais.

Des pas se font entendre. C'est Jean-Paul qui rentre.

— Que se passe-t-il ?

Il questionne sa femme du regard.

— Il se passe que je ne suis pas votre fille, que je ne suis pas née ici dans la Creuse, mais à La Réunion. Je ne sais même pas où c'est, en Afrique ou ailleurs... Je m'en fous ! Loin d'ici en tout cas, c'est certain...

Comme elle aimerait que son père éclate d'un grand rire, la rassure, lui dise que tout cela est faux.

— C'est bien que tu le saches enfin. Je ne voulais pas ce silence, moi, de ce camouflage du passé. Mais je reste ton papa, nous restons ta famille.

Ainsi, c'est vrai, puisqu'il le lui a dit. Isabelle se lève, se cogne contre la table, un bol tombe. Personne n'ose bouger.

— Mais je ne comprends pas, grince-t-elle. Pourquoi tous ces secrets ?

— Ta mère ne voulait pas qu'on t'en parle. La peur de ce qui pourrait arriver. J'ai accepté, pour elle.

Le regard qu'il échange avec sa femme déchire Isabelle.

— Ça ne change rien.

— Ça change tout au contraire.

Isabelle voudrait retirer cette phrase, l'avaler, quitte à s'en étouffer, mais trop tard, elle est sortie, et ses parents sursautent, comme sous un coup de cravache. Elle se sent glacée, enduite d'une sueur aigre. Elle craint de vomir, là, devant eux, alors elle sort, en claquant la porte. Martine se lève, Jean-Paul la retient.

— Laisse-la. Elle a besoin de temps.

Isabelle marche sans but sur ses pensées. Où aller ? Chez sa meilleure amie, Valérie, à cent mètres ? Au café du coin ? Elle veut être seule, mettre des kilomètres entre elle et eux, s'enfuir comme l'infortuné Gaëtan, le garçon dont elle se souvient à peine, juste une ombre, dans sa courte vie. Le vent fouette, aiguillonne sa rage. Pauline… Quel prénom imbécile. Ça sonne comme la purée Mousline. Isabelle elle est, Isabelle elle restera. Soudain une voiture ralentit, stoppe à sa hauteur. C'est Aymeric qui revient pour le week-end. Son frère, son faux frère.

Il la siffle.

— Hé, là, où tu vas comme ça ?

L'adolescente continue à marcher droit devant elle.

Aymeric appuie joyeusement sur le klaxon.

— Ta gueule, Aymeric ! hurle-t-elle dans sa colère brute en se retournant. Et si jamais tu essaies encore une de tes saloperies, je vais voir les flics. Tu as compris ?

Interloqué, Aymeric la regarde filer sur la route : un bloc de rage. Isabelle erre longtemps, hagarde. Que s'est-il passé sur cette île ? Comment l'avait-on choisie ? Sur catalogue, parmi d'autres orphelins ? Si elle s'évertue, fouille les tréfonds de sa mémoire, elle retrouve une sensation de terreur surplombant un grand vide, rien d'autre. Sa mémoire s'est effacée, à cause de cette maudite encéphalite. Les médecins avaient prévenu du risque, mais elle s'en moquait, pensait qu'elle n'avait rien à oublier, tout à vivre. Elle ne rentrerait jamais chez ses parents d'adoption.

Elle a pris un bus jusqu'à Montluçon, ne songeant qu'à s'éloigner des menteurs et de cette révélation. Pendant deux jours, elle a erré dans les rues, troublé la quiétude du Cher en y jetant des cailloux, dormi sur un banc dans un parc. Sans argent, ne connaissant personne dans cette ville inconnue, elle n'avait que sa rage pour lui tenir chaud. Lasse de manger du pain et du regard des passants qui la prenaient pour une mendiante, totalement déboussolée, elle a bien dû reprendre le chemin de Guéret, rejoindre l'appartement des Gervais, la mort dans l'âme. Jean-Paul lui a ouvert la porte et, après quelque hésitation, ses bras en grand. Elle s'y est blottie comme lorsqu'elle tombait de vélo à huit ans. Dans l'encoignure de la porte, Martine semblait avoir pris dix ans : ces traits affaissés, ce dos voûté, ces cheveux qui cassent… Elle qui parlait tant se taisait, les yeux cernés. Même Aymeric s'était calmé. Il a longuement soupiré comme pour dissiper le nuage toxique planant sur leurs têtes et lui a dit « bonsoir » d'une voix presque douce.

Au lycée, les notes dégringolent chaque mois. Isabelle, qui s'enorgueillissait de ses bulletins, s'en désintéresse désormais. Les professeurs admonestent, punissent, multiplient les mots alarmants aux Gervais, finissent par les convoquer. En vain. Isabelle n'ouvre plus ses cahiers, néglige ses devoirs, se lève avant la cloche de fin de cours. De l'air ! Et dehors, elle sème encore la rébellion. Les filles se mettent à la regarder autrement, sceptiques et fascinées, les garçons se poussent du coude en ricanant.

— Tu sors habillée comme ça ?

— Ben oui, il fait chaud.

Ce matin, les yeux noircis au rimmel, Isabelle porte une chemise blanche nouée haut sur son ventre et un short dévoilant ses longues cuisses. C'est nouveau. Des vêtements qui la camouflaient, on est passé aux tenues provocantes, minijupes et sous-pulls qui fusellent sa silhouette et font se retourner et siffler les hommes dans la rue. Martine regrette presque l'adolescente mal fagotée, informe dans des pulls trop larges, devant cette caricature de Brigitte Bardot, seins pigeonnants, nombril apparent, fesses nichées haut. Elle pourrait la priver de sortie, mais leurs disputes incessantes l'épuisent. Trois mois après la découverte de l'adoption, Martine s'avoue désemparée face à cette créature fatale, fatalement étrangère. Isabelle prend désormais ses repas seule, debout dans la cuisine, après qu'ils ont débarrassé la table, sèche les cours un jour sur deux, répond à peine, passe son temps à noircir les pages d'un journal intime dans sa chambre ou à se montrer si agressive que tous ont peu à peu renoncé à lui parler. Comment en est-on arrivé là ? Martine soupire longuement, ce minishort fera encore jaser en ville et de bonnes âmes viendront lui répéter au salon les rumeurs sur sa fille, faussement inquiètes pour elle ou déversant leur racisme primaire. Quelques jours plus tôt, Martine a éconduit la vieille Mme Dugosset, cheveux bleus mis en plis toutes les semaines, qui lui avait perfidement demandé si le style vestimentaire d'Isabelle provenait « de ses origines » ! Sa fille était creusoise, qu'on se le dise, et en ce qui la concernait le passé n'existait pas, même s'il semblait s'inviter ces temps-ci à la table familiale. Martine n'entendait pas laisser insulter Isabelle. Au diable la fidèle cliente, virée du salon les cheveux mouillés !

— Bon, salut !

Isabelle saisit l'imposante besace où elle enfourne ses livres, ses cahiers et le paquet de cigarettes qu'elle aura entièrement fumé le soir venu, et file sans un geste pour sa mère. Ça aussi, c'est nouveau. Martine en est peinée. Ses caresses lui manquent, comme la tiédeur de sa peau et son sourire autrefois rayonnant. Elle avait cru bien faire en gardant le silence qu'on lui conseillait, et voilà que sa fille, son bijou, la détestait. En se trompant, elle l'avait trompée. Dans ses affres, Martine avait même pensé à téléphoner à Ménie Grégoire, son héroïne sur RTL. Le sens de l'écoute, la finesse de la célèbre psychologue l'auraient peut-être tirée de cette ornière.

Isabelle attend le bus, pas d'humeur à subir le cours d'histoire du prof Bizet, un pensum de plus sur la Révolution française. Qui peut bien s'y intéresser ? Direction le café en face du lycée, où elle tue le temps en parties de baby-foot et de flipper, ses domaines d'excellence à elle. C'est pour elle le meilleur moment de la journée, celui où elle s'évade, concentrée sur le jeu, entourée de sa petite bande, qui la regarde avec admiration. Ils parlent fort, rient tout autant, en se balançant paquets de Gauloises, briquets ou feuilles à rouler pour le plaisir de choquer les honnêtes citoyens. Comme elle déteste soudain sa bourgade endormie ! Elle voudrait s'harnacher d'un sac à dos, descendre dans le Sud, travailler, tiens, dans un camping ! Tout plutôt que d'endurer le visage inquiet, coupable, de ses parents adoptifs, qui l'ont trompée si longtemps, trouvée trop sotte pour affronter la vérité. Que croyaient-ils ? Qu'elle ne comprendrait jamais ? Elle métisse, eux si blancs. La bombe de sa naissance aurait forcément explosé un jour, les laissant disloqués au bord du chemin.

Et ce bus qui n'arrive pas, comme toujours ! Soudain trop lasse, Isabelle dérive par les rues, échoue dans un bar interlope au lino défraîchi, à l'odeur de cendres. Un type d'une trentaine d'années s'empresse de lui offrir un Coca. Ensuite, il lui demande s'il peut passer sa main dans sa tignasse cuivrée – « Jamais vu une masse pareille ! ». Il a l'impression de toucher de l'or.

— Eh, princesse, ça te dirait d'aller voir *Les Valseuses* ? J'adore Depardieu, et il paraît que c'est sensass !

— Pourquoi pas ? Le lycée attendra.

Dans la voiture empestant la lotion après-rasage, elle n'a rien ressenti, trop occupée à fermer les yeux, tenter de chasser le souvenir d'une autre scène, d'autres doigts qui s'agitaient comme des vers en elle. Elle s'est consolée en allant piquer du rouge à lèvres et des fards à paupières à la droguerie en face. La société lui doit bien ça pour l'avoir menée en bateau pendant des années. En bateau ou en avion ? Mystère… Elle ne se souvient plus du grand voyage. Et de ce qui l'a précédé, des visages de là-bas. Car elle a dû être une « vraie fille » pour une « vraie mère », une fille Rivière pour une maman Rivière là-bas, à La Réunion… Plutôt la désunion, oui ! Pourquoi cet abandon, l'exil ? Autre mystère. Alors autant s'inventer une histoire, penser à autre chose. La question du jour, c'est pourquoi n'y a-t-il aucun produit pour sa teinte de peau dans cette fichue boutique et ne voit-on jamais de fille comme elle à la télévision ?

Elle a vite quitté l'homme du bar, connu de très près un Loïc, un Grégoire, deux Didier, sans compter leurs copains. C'est si facile ! De joyeux lurons de l'équipe de handball, trop heureux de l'emmener pique-niquer à l'étang de Courtille et danser, ô félicité, à Limoges sur « Vanina », de Dave, ou « Le Sud », de Nino Ferrer. On s'éclate autrement que dans ce trou de Guéret. À l'aube, Isabelle est la dernière à quitter la piste, la peau moite, enfiévrée, l'esprit lavé du visage affligé de

Martine Gervais, des regards lubriques de son fils Aymeric et des fleurs hypocrites de son mari Jean-Paul.

C'est en boîte qu'elle tombe des mois plus tard sur un homme différent des ados sportifs ou des piliers de bar. Marc a trente ans, un job dans l'immobilier, un appartement ruisselant de lumière place des Carmes à Limoges. Elle quitte le lycée, au désespoir des Gervais. Indifférente à tout, sauf à Marc, qui la cajole le soir.

Bien sûr, Marc avait voulu savoir d'où lui venait cette couleur de peau, si désirable et dont il apprenait la géographie avec ferveur. Et elle lui avait raconté son histoire, une histoire dans des grandes lignes qui ne menaient nulle part. Elle avait quitté son île vers dix ans, à la mort de ses parents, tués dans l'accident d'une camionnette rouge. La famille Gervais l'avait adoptée à Guéret. De La Réunion, de ses parents, de ce drame abominable, elle ne voulait plus parler, c'était au-dessus de ses forces, et dangereux, presque maudit, pour elle et les autres. Amoureux, attendri, impressionné par ses épreuves et son courage, Marc avait passé avec elle un pacte de silence : il n'aborderait plus jamais la question. D'ailleurs à quoi bon ? La Réunion était loin, et la vie devant eux. Elle travaille un temps comme serveuse, puis vendeuse chez un disquaire. Elle vit avec l'homme qu'elle aime, qui la protège. Elle chantonne toute la journée, ne fume presque plus, envisage de reprendre des études, se verrait bien infirmière. Pour aider les autres, les accompagner, les soulager. Un jour, elle s'aperçoit, un peu tard, qu'elle n'a plus ses règles. À l'annonce de sa grossesse, elle saute de joie. Un enfant, un enfant à elle, qui la comblera, justifiera sa présence sur la Terre ! Pas question d'avorter malgré l'émoi, l'inquiétude de ses parents. Surpris par la nouvelle, mais ravi, Marc a vite parlé mariage. Les Gervais sont partagés entre la crainte d'une décision prématurée et l'espoir qu'Isabelle trouve enfin la stabilité. Justement, elle se sent sereine et sûre d'elle, elle va former une famille, l'avenir lui sourira. Cet enfant est le signe qu'elle attendait, un socle sur lequel se construire et grandir, un gage de bonheur. Et quoi qu'il arrive, son petit, lui, ne sera jamais adopté.

Seconde partie

27 juin 1998

Aujourd'hui, j'ai vingt et un ans. Et comme tous les ans, mes parents me réservent un anniversaire surprise. Avec mes amis demeurés à Limoges – j'y ai grandi mais j'étudie aujourd'hui à Clermont-Ferrand – et des copains à eux dont je suis proche depuis l'enfance. Ma famille. En ce moment, ma mère doit sortir l'argenterie, mon père concocter une sangria dont il a le secret, les tartes refroidir sur le bord de la fenêtre, et notre chat Tito protester contre toute cette agitation par des miaulements insistants. Je sais aussi qui ne sera pas convié : mon oncle Aymeric, le frère de maman, avec qui elle ne s'entend pas. Les rares fois où elle l'évoque, sa voix monte vite dans les aigus. Elle le surnomme « le Bourlingueur ». Il bricole « dans les voitures d'occasion » et, dans la bouche maternelle, la formule n'est pas un compliment. Je peux prévoir le déroulement de la soirée : mon père prononcera un beau discours, il en a la passion, et sifflera sans doute trop de champagne. À la fin, il aura la larme à l'œil. Papa est un sentimental : la Coupe du monde de football le fait pleurer. J'imagine mon petit frère, Sébastien, imiter Michael Jackson, un autre don familial, tandis que tous se mettront en cercle autour de lui. On chantera du Garou et on s'agitera sur « I Will Survive », comme d'habitude. Maman, qui ne boit pas et danse encore moins, s'occupera du service, s'assurant avec sa prévenance habituelle que tous passent un moment mémorable. Elle attendra le départ des invités pour m'offrir un cadeau, un bijou sans doute. Elle voudra me border, comme quand j'étais enfant, mais n'osera pas, et restera sur le pas de la porte. C'est ainsi entre nous : un pas en avant, deux pas en arrière, une valse entamée depuis ma naissance. Ma mère m'a eue très jeune, et au début nous avons fait bloc elle et moi. Ses parents adoptifs, Martine et Jean-Paul, sont morts prématurément, l'une d'un sale cancer, l'autre d'une attaque au volant de sa voiture, quand je n'étais qu'un nourrisson. Un nouveau drame dans sa vie, puisque ses parents biologiques, mes grands-parents donc, sont décédés dans un accident de voiture sur l'île de La Réunion au milieu des années 1960. Après les disparitions successives des Gervais, mon père a bien tenté de la seconder, mais à l'époque, jeune gérant d'une agence immobilière, endetté jusqu'au cou, il passait journées et week-ends à visiter des maisons, des appartements, des fermes. Maman répète souvent que je l'ai aidée à grandir, au moins autant que le contraire. Elle s'est consacrée à mon éducation, tout en suivant une formation de fleuriste et en travaillant comme extra dans un restaurant. Elle souhaitait faire des études, mais il lui a fallu gagner sa vie. Cela ne l'empêche pas de tenir aujourd'hui la plus belle boutique de fleurs de Limoges, place de la République. Elle compose des gerbes pour la bourgeoisie de la ville, des fiançailles à l'enterrement, mais elle sait aussi offrir des marguerites à des gens plus modestes. J'aime la voir s'affairer entre les pots, les tuteurs, les bouquets, caresser les fleurs, ces vies minuscules, discuter avec les horticulteurs, accueillir un client comme s'il était le premier à franchir le pas de sa boutique.

Elle est heureuse, car l'amour avec mon père est palpable, évident, affermi par des années de complicité. Celui pour sa famille, sa troisième famille, l'était également. Mes grands-parents paternels, unis jusqu'à leur dernier souffle, disparus quand j'étais adolescente, la traitaient avec beaucoup d'égards. Je les adorais tous deux, Papi si séduisant, avec son allure de gentleman-farmer irlandais, très à cheval sur les principes, et Mamie, une petite boule de tendresse au regard pétillant, qui me laissait libre d'agir à ma guise ! Un rêve de grands-parents. Mon père est aussi l'aîné de quatre frères, des gaillards taillés comme des rugbymen. Quand ils se retrouvent ensemble, on dirait une forêt, cinq chênes entourant ma mère, la protégeant, entre deux plaisanteries de collégiens.

J'ai grandi dans cette ambiance, ces brassées d'affection. Quitter Limoges pour Clermont fut un choix cornélien, mais j'ai pu suivre des études de journalisme, ma passion depuis l'enfance, et un stage en classe de troisième à *La Montagne*. J'ai toujours voulu écrire, décrire le monde et avancer des idées, et mon père, le plus cultivé des agents immobiliers, m'y a encouragée. Même les comices agricoles et les conseils municipaux des minuscules villages d'Auvergne m'intéressent ! Il n'y a pas de petites histoires.

Sébastien vient m'ouvrir et devant sa mine hilare, trouée d'yeux d'écureuil, je fonds comme à chaque fois.

— Joyeux anniversaire, Caroline ! hurlent en chœur une cinquantaine de personnes.

Jouant l'étonnée, je cherche des yeux mes parents dans la petite foule. Mon père, Marc, et sa chemise rose déjà froissée. Ma mère, Isabelle, en jolie robe violette qui fait ressortir ses yeux verts. Avec la masse inouïe de ses cheveux et sa peau café, elle ne pourrait être plus différente de moi, qui suis seulement mate de peau et brune de cheveux – à peine ondulés. Je la serre dans mes bras, inhale son odeur de muguet. La fête peut commencer !

En ouvrant les yeux le lendemain, je l'entends s'agiter en bas, en cadence avec la radio poussée à fond. Elle a déjà aspiré la moquette, déplacé les meubles, aéré les pièces. C'est ainsi, elle ne supporte pas le désordre, le flottement.

Je m'apprête à descendre l'escalier, à lui proposer – mollement – mon aide quand un flash d'informations m'arrête entre deux marches. « Entre 1963 et 1982, plus de mille six cents enfants ont été arrachés à leur île, La Réunion, à leurs familles, à leurs racines. Ces mineurs, dont certains n'étaient que des bébés, furent transférés dans notre région, la Creuse. Devenus adultes, certains s'interrogent aujourd'hui sur ce qui a pu motiver un tel exil forcé. Le reportage de… » Le son coupe brutalement, j'entends une tasse tomber. Bien qu'elle exerce un travail manuel, ma mère est d'une maladresse légendaire. Mais ce fracas de faïence résonne d'autre chose, un bruit creux, singulier, comme un écho sinistre. Je descends lentement les dernières marches. Elle me tourne le dos, silencieuse. Je cherche son regard, ne trouve que son teint gris, presque pâle, si la pâleur lui est permise. La voix de la radio loge encore dans mes oreilles : « Mille six cents enfants… La Réunion… » Ma mère se mord les lèvres, son menton tremble et son trouble envahit tout l'espace.

À dire vrai, j'ignorais tout de son lieu de naissance et de cette île, La Réunion. Ma mère refusait vivement de parler de sa courte vie avec ses parents. En accord avec mon père, je respectais ce silence, taisais mes questions, quitte à paraître indifférente. Pourquoi ? Peut-être parce qu'un froncement de sourcils, une moue soudaine, un regard qui s'assombrissait me signifiaient qu'on pénétrait dans une zone de sables mouvants, de siphons dévastateurs. Et dans l'égoïsme de l'enfance, puis de l'adolescence, cela me convenait. J'avais l'essentiel, des parents aimants, un avenir qui captait toute mon attention, au détriment d'un passé qui paraissait chaque année plus lointain, plus confus.

Elle s'est penchée sur l'évier dans un geste lent, comme recroquevillée sur elle-même. C'est quoi, cette histoire ?

— Tu as entendu la radio ?

Elle tarde à répondre.

— À peine. C'est juste un bruit de fond quand je fais le ménage. Pourquoi me demandes-tu ça ?

— Ils ont évoqué des enfants, beaucoup d'enfants arrivés ici. Sans doute noirs, comme toi.

Elle se cabre.

— Tu sais que je ne veux pas parler de ça. Ma vie n'a vraiment commencé qu'avec Mamie et Papi.

— Il faut écouter le journal de treize heures, on en apprendra peut-être plus. C'est bizarre, non, quand même ?... La Creuse, ta région, et La Réunion...

Sa réaction me sidère : elle me fait front, furieuse.

— Il n'en est pas question ! Je te l'interdis, c'est compris ?

D'un geste brusque, elle emporte la radio ; je l'entends s'arrêter dans le garage. Ma mère n'a jamais eu besoin de m'interdire quoi que ce soit. Il lui suffisait d'un regard, d'une expression pour exprimer son désaccord. En bonne fille, je détectais ses veto muets, ses ordres silencieux, et j'y obéissais. Chez nous, on criait peu ; ceux qui confondent l'autorité et l'hystérie m'ont toujours vaguement dégoûtée, inquiétée, je les méprise. Je reste immobile dans la pièce, des questions plein la tête : qui étaient ces enfants et pourquoi avaient-ils quitté leur île ? Comment avaient-ils débarqué à Guéret, petite ville perdue au milieu de la France ? Et surtout, pourquoi ma mère, cette femme claire et posée, réagissait-elle ainsi ?

À mon père, qui descend l'escalier, la mèche en bataille, je ne raconte rien. J'attends qu'elle revienne, reprenne sa place avec nous, que ce dimanche déroule son tapis de conversations anodines, de siestes devant la télé. Elle a plaqué un sourire qui ne tient pas sur son visage repoudré. Mon père et mon frère ne remarquent pas son air fuyant, ni ses paupières repassées au rimmel.

— Les restes d'hier soir, ça vous va, pour le déjeuner ?

Soudain, c'est moi qui baisse les yeux devant ce masque.

Extrait du journal d'Isabelle

J'ai retrouvé le carnet intime de mon adolescence, et ce soir, pour la première fois depuis si longtemps, je l'ai ouvert, avec le besoin de comprendre, de m'expliquer la scène avec Caroline. Je ne sais pas pourquoi j'ai réagi aussi violemment. Quelque chose de mauvais, d'empoisonné, s'est immiscé en moi, et soudain, j'ai eu peur, l'effroi m'a envahie, une sorte de terreur enfantine. Le sentiment d'être engloutie par une vague qui déferlait, m'étouffait. Face à ma fille, j'ai perdu tous mes moyens. Je lui ai menti, j'ai bien écouté l'information à la radio… Je me suis endormie en répétant : « Tu es en sécurité, tu es en sécurité ici. »

À Clermont, les cours m'indiffèrent. Je suis distraite, ailleurs. Je repense à l'adoption de ma mère, elle m'a toujours paru si creusoise dans ses réactions, ses goûts, sa manière d'agir ! Elle n'était heureuse qu'à travers champs, à ramasser les fleurs les plus humbles, à cueillir des mûres pour des confitures. Elle aimait le plateau de Millevaches, le gâteau local aux noisettes, les myrtilles et les cèpes, le manteau d'Arlequin des paysages et l'essaim des fermes aux alentours de Guéret. Jamais elle n'aurait déménagé à Limoges, pourtant proche, si mon père n'y avait pas ouvert une agence. Elle détestait voyager, refusait de quitter la France, craignait l'avion, le train la rendait malade, les au revoir la déchiraient. Sa nouvelle famille, celle de mon père, en laquelle elle s'était fondue, l'avait intronisée dans son clan. Une autre adoption. Elle ne gardait que de bons souvenirs de son enfance, répétait-elle, même si les relations étaient complexes avec son frère. Mais qui peut se vanter d'avoir une famille exemplaire ?

Depuis l'anniversaire, j'interrogeais aussi mon indifférence, mon incapacité surtout à lui poser des questions, celles auxquelles elle aurait accepté de répondre. J'avais manqué d'attention, de psychologie à son égard. Je me destinais au journalisme et je ne savais pas lui poser de questions. Comment pouvait-on tout ignorer de ses ancêtres, de ses grands-parents réunionnais morts dans cet accident de voiture, leur histoire, leurs traits, leurs caractères ? Ma mère n'avait gardé aucune photo d'eux. Tout cela ne comptait pas pour moi, se confinait en un ailleurs lointain, abstrait, répudiable.

Je téléphone à la radio et laisse un message pour en savoir davantage sur cette affaire d'enfants exilés. Personne ne rappelle. Je consulte à la bibliothèque encyclopédie et guides touristiques, illustrés de visages de Réunionnaises jeunes, souriantes... Aucune ressemblance avec celle qui m'a mise au monde. Nulle part on ne parle d'enfants déplacés, et ce « blanc » m'intrigue.

Le samedi suivant nous trouve seules toutes les deux. Sébastien assiste à son cours de judo et mon père fait visiter une maison à deux tourtereaux désargentés qui s'offrent leur frisson de la semaine.

Il perd son temps et son argent, mais il est ainsi, généreux, « L'immobilier, c'est aussi vendre du rêve ».

— Maman, tes parents...

Son visage se crispe, elle en devient presque laide, abandonnant cette beauté sereine qu'elle nous offre jour après jour, ce cadeau quotidien. Et comme elle pirouette sur elle-même, je parle à un dos.

— Peut-être qu'à Guéret ils pourraient nous dire...

Silence.

— Et si j'y allais ?

— Mais à quoi cela va-t-il servir ? Tu n'as pas un sujet d'enquête plus passionnant...

— Maman...

— Pourquoi ? explose-t-elle soudain. Mon enfance a débuté ici, toute ma vie s'est déroulée dans un mouchoir de poche. Le passé, je m'en moque ! Et tu devrais faire de même.

Jamais je ne l'ai vue si hargneuse, égarée, distante. Parfois elle se renfermait, passait plus de temps sur ses herbiers, mais il suffisait d'une plaisanterie, d'un geste doux de mon père pour qu'elle réintègre le cœur familial. Elle nous régalait du récit des coiffures que Grand-mère Martine s'obstinait à essayer sur ses cheveux frisés, les après-midi passés avec Grand-père à cueillir des fleurs, ressortait volontiers les albums photo soigneusement légendés. Une enfance choyée de Français moyens des années 1970, rien à ajouter, fermez le ban.

— Je ne me souviens que d'une chose : j'étais un bagage, tu entends, un bagage que l'on transportait, me jette-t-elle au visage. J'ai dû me battre.

Cette phrase qui résonne entre nous n'a aucun sens. Se battre… mais contre qui ou quoi ?

— Promets-moi quelque chose.

Je hoche la tête, soudain lasse. Sa colère, son agressivité m'atteignent, me bousculent, comme des coups.

— Ne me reparle plus jamais de tout ça, veux-tu ? Plus jamais !

Elle rapproche alors son visage du mien, ses pupilles sont dilatées et ses yeux injectés de sang. On dirait une fleur carnivore. Qui est cette inconnue ?

Il m'a fallu des semaines pour décrocher un rendez-vous au conseil général de la Creuse, à Guéret. Avec le sentiment d'enclencher quelque chose, une machinerie dangereuse, infernale, peut-être. Comme toujours, les arches gothiques de l'hôtel des Moneyroux m'impressionnent et me rappellent Mamie, la mère de Papa. Ensemble, nous passions souvent devant ce bâtiment sur le chemin du musée de la Sénatorerie. Mon aïeule s'extasiait devant la tapisserie d'Alfred Smith, l'orfèvrerie, les émaux limousins. Brune, un peu replète, le front souligné de sourcils fournis, la fonctionnaire qui me reçoit me rappelle à un présent compliqué.

— Asseyez-vous, je vous prie.

Elle consulte des feuilles éparses devant elle.

— Je dois vous prévenir, je n'ai pas trouvé grand-chose.

Le dossier paraît en effet mince : deux, trois pages.

— Une petite fille est bien arrivée au foyer de Guéret le 13 novembre 1963, à l'âge de six ans, en provenance de La Réunion.

Novembre 1963… Elle a toujours dit qu'elle était arrivée « vers dix ans ». La fonctionnaire ne me laisse pas le temps de réfléchir.

— Peau noire, cheveux très blonds, yeux verts. Est-ce que cela pourrait être elle ?

— Oui…

Des cheveux blonds, la peau presque noire, des yeux verts, il n'y a aucun doute. Une image se forme d'une île entourée par l'indigo du lagon, comme dans les publicités.

Orpheline… Mais je ne comprends pas, je n'ai qu'un prénom, Isabelle, pas de nom de famille, ni d'origine, ni d'adoption. Pas de photo non plus. Bizarre : elle devait avoir un état civil en arrivant, comme tout le monde…

— Est-elle venue seule ?

— Non. Il s'agit d'un groupe de trente enfants. Mais elle est restée peu de temps au foyer. Je lis ici qu'elle a ensuite séjourné en famille d'accueil. Est-ce correct ?

— Oui. La famille Gervais.

La dame fronce les sourcils.

— Non, les Gervais sont sa famille d'adoption. Je vous parle de la première famille qui l'a reçue.

Il y avait donc une famille avant les Gervais. Depuis ces mots à la radio, je m'en doutais : ma mère faisait partie de ce dispositif…

— Je peux savoir le nom de la première famille ?

— Mademoiselle, je n'ai hélas pas le droit de divulguer cette information.

La voix est ferme. Mais j'insiste :

— Mais pourquoi ? Cela la concerne directement.

— Je n'écris pas les règlements, je les applique. Je regrette.

— Et c'est tout ce dont vous disposez ?

— Non, répond-elle, l'air embarrassé. J'ai retrouvé des fiches de liaison et les rapports de l'enquête médico-sociale.

— Je peux y jeter un œil ?

Au même moment, une femme plus âgée entre dans le bureau et se penche à l'oreille de la fonctionnaire, qui hésite à se lever puis se décide enfin.

— Excusez-moi, j'en ai pour une minute.

Elle me tend une fiche rose.

— Voici le rapport, vous pouvez le lire.

Dès qu'elle sort, j'attrape la première feuille, celle qu'elle voulait dérober à ma vue. Je dégaine mon carnet, note prestement les nom et adresse de la mystérieuse famille d'accueil, puis me plonge dans la fiche rose au moment où elle revient.

« Enfant maigrichonne et sauvageonne. Au foyer, s'est montrée vive et gaie. »

Est-ce ainsi que je la qualifierais ? Elle avait certes ses moments de joie, mais la plupart du temps elle était d'humeur égale – jamais une plainte, un mot de trop. À la réflexion, cette placidité était presque anormale.

Ce que je lis à la ligne suivante me sidère : « Mignonne et précoce – À surveiller sexuellement. » Qu'est-ce que cela signifie, « précoce sexuellement » ? Mention insensée, surtout quand on connaît la pudeur de ma mère. Pas de seins nus sur la plage, et à la maison la porte fermée quand elle se change. De quel droit pouvait-on stigmatiser ainsi un enfant ? Cette description ne lui ressemble pas, mais je n'ai pas le temps d'y réfléchir. Soudain pressée, la fonctionnaire m'indique la sortie. Je m'éloigne, ébranlée par ce premier entretien, mais riche des coordonnées de cette famille d'accueil mystérieuse. Les Granger, La Brionne. À peine dix kilomètres. Je passe devant un château, encore un, avec son donjon aux lignes pures et sévères, et m'arrête pour demander mon chemin.

— La ferme de la famille Granger, vous connaissez ?

La femme, âgée, hoche la tête.

— Le père Granger, il est mort. Elle n'existe plus, la ferme. Et je ne sais pas où est passée sa femme. Sa nièce vient parfois dans la maison, pour les vacances.

— Il y a eu des enfants, ici ?

— Des petits juifs ? Ah oui, pendant la guerre. Ils se cachaient, les pauvres. La Creuse les a bien accueillis.

— Non, non, plus tard, dans les années 1960, des Noirs…

Elle me dévisage un instant et sourit.

— Ah, oui c'est curieux, j'avais oublié. Il y en avait plein. Ils arrivaient par bus entiers !

— Dans quel but ?

— Ils vivaient à la ferme, aidaient au parcage des bêtes, aux récoltes, à l'entretien des machines agricoles. Pardi, c'était bien utile, des bras en plus, à cette époque !

Je remercie et m'engage vers la ferme Granger. Un bâtiment typique de la région, avec une dépendance en pierre en piteux état, une grange profonde comme un ventre, des poteaux de bois pourri bordant les champs. Les intempéries, les années, l'abandon ont laissé des traces. Je savais que les bâtisseurs limousins avaient édifié de magnifiques demeures dès le XVIIe siècle – Versailles, le Louvre et le quartier du Marais à Paris, comme me le répétait ma grand-mère avec fierté –, mais on en était loin ici. La masure agonisait, la toiture, certains murs menaçaient de s'écrouler. Difficile d'imaginer ma mère enfant dans cette cour percée de vents coulis. Avait-elle été heureuse ici, ou avait-elle détesté l'endroit au point de l'expulser de sa mémoire ? Avait-elle travaillé elle aussi cette terre exigeante ? Et pourquoi devait-on la « surveiller sexuellement » ? J'ignorerais sans doute toujours le sens de ces mots cruels, blessants. Heureusement, elle ne les a jamais vus imprimés. Tout se confond, son arrivée dans la Creuse, ce foyer que j'imagine tant bien que mal, cette ferme délabrée, les yeux d'un adulte sur son corps de six ans – six ans ! J'ai besoin de m'éloigner, de laisser décanter le peu que j'ai trouvé, petit dépôt de clarté dans une ombre qui au lieu de se dissiper se concentre et me nargue.

Au téléphone, plus tard, sa voix est calme, ferme. Tout semble rentré dans l'ordre. J'en profite pour m'immerger dans mes cours.

Ce soir, nous sortons en famille. Le cinéma de notre quartier diffuse des séries B américaines que mon père choisit plus pour l'affiche et le titre que pour le scénario. Nous passons deux heures ensemble dans le noir, à nous gaver de pop-corn. Une intrigue facile à comprendre pour Sébastien, la quiétude sur des fauteuils moelleux, que demander de plus un samedi soir ? L'histoire se déroule en Louisiane, bayou et rivalité entre deux clans. À ma gauche, ma mère se penche en avant, coquette au point de refuser de porter des lunettes en public. Sur l'écran, l'image bucolique d'une enfant marchant dans un champ de coton en chantonnant. Sa robe claire se soulève au rythme de ses pas dansants. Soudain, une main d'adulte s'abat sur son bras, l'homme la tire sans ménagement dans un fourré, puis la pousse dans un van, de ceux que l'on utilise pour le transport des chevaux. À côté, je sens ma mère se crisper, haleter presque. Dans la pénombre de la salle, son visage forme une tache claire qui dodeline mécaniquement. Un spasme la raidit sur son fauteuil. Je pose une main sur son bras quand soudain ses doigts griffent l'air ; elle ouvre la bouche, seul un croassement en sort. Elle se lève d'un bond, bouscule la rangée, oubliant dans sa hâte manteau et sac à main sur un fauteuil.

Je la retrouve assise par terre dans le hall, le teint terreux, les yeux hagards.

— Qu'est-ce qui se passe, Maman ?

À sa façon de s'accrocher au plancher, on dirait que le sol ondoie sous elle, mais c'est elle qui tremble, pas la terre. Spectacle pathétique interrompu par une voix derrière moi : mon père.

— Appelez un médecin !

Il réclame à l'ouvreuse inquiète une bouteille d'eau, une couverture. Quand on la fait boire, à gorgées minuscules, elle bave un peu de sang, comme si elle s'était mordu la langue.

— Chérie, dis-moi ce qui t'arrive ! supplie Papa.

Le médecin, un jeune homme d'une rousseur de renard, s'agenouille, l'examine, tire un stéthoscope et un tensiomètre de sa mallette. Il reste silencieux un moment puis se relève, soulagé.

— C'est un malaise vagal, une crise de panique. Spectaculaire, mais rien de grave. Vous pouvez la ramener à la maison. Qu'elle se repose.

Ma mère n'a jamais été sujette à ce genre d'attaque. Je repense aux événements, aux découvertes du dernier mois. Cette crise suit de peu l'étrange scène de la radio. Elle monte se coucher, sans un mot ni un regard pour nous. On dirait une vieille dame impotente, et cependant l'évidence de sa frayeur, son innocence pétrifiée, lui donne à cet instant dix ans de moins. Je repense au film, au visage de l'enfant arrachée à sa vie, et je frissonne.

Le lendemain, elle ne m'a pas entendue entrer dans le salon. Elle se tient assise dans le canapé, les mains posées sur ses cuisses, absente, figée. Étrange attitude pour celle qui d'habitude butine et virevolte de la boutique à la maison. On dirait une statue, avec des cheveux en pétard et des cernes qui lui mangent les joues et accusent sa perte de poids. Elle semble porter des douleurs sans nom. Ma mère aime se pomponner, discrètement, je l'ai rarement vue sans un peu de fard, au moins pour souligner le vert de ses yeux. Ainsi mise à nu, elle paraît fragile, hautaine, cassable. J'ai presque du mal à la reconnaître. Couleur de miel d'habitude, son teint a viré au grisâtre, comme si sous l'effet d'un solvant sa peau se décolorait.

Je me souviens de nos bains à deux. Je frottais sa peau de toutes mes forces.

— Pourquoi fais-tu ça ?

— Pour que tu sois comme moi.

— Mais je suis comme toi. Regarde, j'ai des pieds, des jambes, des yeux...

— Non, toi tu es marron, avais-je insisté.

— Oui, car j'ai touché le Soleil, mon amour.

Je notais bien la différence entre nous, qu'elle s'efforçait de minimiser. Je devais m'enduire de crème l'été, quand elle ne connaissait pas les coups de soleil. Elle venait d'un autre ciel et ne voulait jamais m'en parler, pas plus que de sa maison, de ses ancêtres, de sa lignée, brisée par l'accident. Je m'étais fait une raison. J'avais tort et je m'en veux.

Elle redresse soudain la tête, m'aperçoit, sourit largement. D'un coup, elle est debout et s'agite déjà.

— Je t'ai préparé du riz au lait, ton préféré, à la cannelle. Et tu m'as apporté ton linge, j'espère.

Je tente de la refréner, de la faire asseoir.

— Ça va, Maman ? Comment te sens-tu aujourd'hui ?

— Mieux, beaucoup mieux. Je travaille trop...

— La boutique ?

— Très calme, en ce moment. Je n'y vais pas tous les jours.

Deux répliques contradictoires, signe évident de confusion mentale. Devant mon regard stupéfait, elle joue avec ses mains, exagère un sourire.

— Je n'ai pas arrêté depuis Noël. Au tour de quelqu'un d'autre de s'en occuper un peu, non ?

Est-ce bien le bourreau de travail que j'ai toujours connu qui s'exprime ainsi ? D'une voix si creuse, si fausse ? A-t-elle jamais laissé son magasin – son trésor – aux mains de Monique, son employée ? Elle semble jouer un rôle, se forcer. Là aussi, c'est nouveau. J'essaie de rester légère, de ne pas la braquer.

— Et alors, c'est bien, tu te reposes ?

Elle n'a pas l'air reposé. Plutôt exsangue.

— Je prends la voiture et je roule au hasard dans la campagne. Le vert m'apaise.

Je l'imagine errant seule sur les routes, et c'est intolérable. Ces dérives trahissent un désarroi, une tristesse qui me bouleverse. Est-ce ma faute ? Suis-je responsable de son état ? En grattant la couche de passé, n'ai-je pas ouvert un gouffre où nous allons glisser toutes les deux ? La culpabilité palpite au rythme de mon cœur. Alors je parle trop, papillonnant d'un sujet à l'autre, tentant de lui arracher un sourire, un éclair, l'obligeant à manger un peu, dans l'espoir qu'elle se remplume.

Tout le week-end, je cherche à l'extirper de son nuage gris. Papa ne la quitte pas des yeux, et Sébastien, d'habitude vissé à ses jeux vidéo, vient se blottir contre elle, comme s'il était redevenu un bébé – une façon de la ramener à nous, mais en vain. Le dimanche soir, en l'embrassant, je lui rappelle le lavage de mon linge.

— Ah, complètement oublié… s'étonne-t-elle.

Décidément, quelque chose ne tourne pas rond au royaume maternel.

Je n'arrive plus à dormir, et quand un mauvais sommeil me prend, vers l'aube, des images effrayantes me sautent au visage, des cauchemars surgissent. Il y a une route qui s'allonge devant moi et le sentiment diffus d'un danger. Quelqu'un me guette, mais s'éloigne vite, très vite. Tout autour les bruits d'une forêt se font oppressants, la chaleur m'assomme. Et soudain, je sens une main sur mon bras, comme dans le film qui a provoqué ma crise de panique. Je me dresse alors en hurlant, réveillant la maisonnée. D'où viennent ces images ? Suis-je en train de devenir folle ?

Au téléphone avec le correspondant local de *La Montagne*, j'ai menti sans façon, me suis fait passer pour une étudiante préparant un mémoire sur les services sociaux dans les années 1960. Connaissait-il une assistante sociale employée par le foyer de l'enfance de Guéret ? Une heure après, j'avais un nom et un numéro de téléphone, et plus tard un rendez-vous.

Je sonne à la porte de Mme Fleury. Son nom, la coïncidence m'amusent. Décidément, le métier de ma mère me poursuit, elle est partout. Et nulle part. La dame sourit de toutes ses rides, ses yeux de porcelaine me fixent d'un air complice. On dirait ma mamie, en moins citadine. Dans le salon crépite un feu, déserté dès qu'ils me voient par deux chats qui m'abordent en se frottant à mes jambes. Je repense à mon autre grand-mère, côté maternel, que j'ai si peu connue. Son intérieur ressemblait-il à celui-ci ?

— Alors, comme ça, vous vous intéressez au foyer ?

— Oui. C'est un bon sujet d'étude sociologique. Combien de temps y avez-vous travaillé ?

La vieille dame me tend des petits-beurre qui ne datent pas d'hier. J'accepte par politesse. Elle se tasse dans un fauteuil.

— Je suis restée cinq ans. Et partie quand le directeur du foyer a été remercié. En 1969, je crois.

— Pourquoi a-t-il été renvoyé ?

— Il se montrait trop proche des enfants. Il venait des îles, lui aussi, et avec sa femme, monitrice au foyer, il voulait les rassurer, les distraire, les amuser. On a eu de la musique de là-bas, un orchestre, des plats locaux avec de la nourriture épicée. Ça n'a pas plu à tout le monde.

Elle soupire.

— L'ambiance attirait des jeunes du coin. Les voisins ont commencé à se plaindre du bruit, des allées et venues, des odeurs, des larcins. Dommage, car, croyez-moi, les enfants avaient bien besoin de ces distractions. Avant lui, on vivait en vase clos au foyer, sans activités, sans rien à offrir à des gosses parfois pendant des années.

Je sors la plus ancienne photo retrouvée de ma mère, dans son âge le plus tendre – six, peut-être sept ans ; ses cheveux lui font comme un casque d'or, hérissé de pointes, à cause des épis. Sa peau paraît plus acajou, ses yeux bordés d'angoisse.

— Vous la reconnaissez ?

Mon hôte prend le temps de l'observer.

— Qu'elle est mignonne, avec sa peau cacao ! Mais non, je ne me souviens pas d'elle. Les gamins, voyez-vous, avaient tous la même tête quand ils arrivaient, l'air désemparé, perdu, les yeux écarquillés. Les plus petits faisaient des cauchemars et pipi au lit. J'ai eu jusqu'à dix bébés pleurant la nuit ! Je les prenais dans mes bras à tour de rôle. Une vraie nursery !

Elle s'arrête, part vers la cuisine, en revient avec un chocolat chaud odorant.

— Ils ont eu du mal à s'adapter ! Une autre langue, un autre climat. Il faut voir comme ils débarquaient, en tongs, en maillot de corps, en short… Ils avaient froid à ne pas pouvoir se réchauffer les pieds, les mains ou le cœur !

Je songe à ma mère, si frileuse. Le plus pénible dans son métier, confiait-elle, tenait à la nécessité de tremper ses mains dans l'eau froide. Elle portait un gilet en toute saison, parfois des gants de laine. À la maison, elle fermait les fenêtres, calfeutrait les portes à la moindre bise. Un vrai chat. Je l'imagine frissonnant à son arrivée sur cette terre si rude en hiver.

— Pourquoi étaient-ils si nombreux ?

— Ah ça ! On ne nous disait rien. Ils étaient là, voilà tout, et il fallait s'en occuper. On parait au plus pressé. Guéret ressemblait à une gare de triage, les enfants partaient pour le Cantal, le Gers, le Morvan, l'Allier, la Côte d'Azur même ! Beaucoup n'étaient qu'en transit ici, ils allaient dans les couvents ou étaient adoptés, il y avait une forte demande.

— Oui, je sais, les paysans autour…

— Pas seulement, me coupe-t-elle. On plaçait les enfants à gages, les garçons surtout, dans les boulangeries, chez les garagistes, les artisans, comme apprentis plombiers ou ébénistes.

— C'est incroyable ! Et vous continuiez à les surveiller, après ?

Je repense à cette mention infamante, « précoce sexuellement », et en glisse deux mots à mon charmant témoin.

— C'était une autre époque, répond-elle, gênée. Les jugements étaient plus superficiels, plus brutaux. On ne prenait pas de pincettes, vous comprenez ? Surtout avec les enfants… N'y attachez aucune importance.

Troublée, Mme Fleury semble happée par son passé. Des femmes comme elle avaient amorti le choc des enfants à leur arrivée au foyer, mais ensuite ? Les assistantes sociales, m'avait-elle expliqué, devaient prévenir les familles des dates auxquelles auraient lieu leurs visites semestrielles. Comment dans ces conditions se faire une idée juste de la situation des petits ? Tout cela ressemblait à un piège, à un cauchemar pour eux. La colère monte en moi et à certains moments m'envahit, m'empêche de penser : on a joué d'elle d'hier, on joue de moi aujourd'hui, comment ont-ils pu agir ainsi ? Je ferme les poings instinctivement, la bile perfore mon estomac, j'ai envie de crier, de hurler à l'injustice : qu'a-t-on fait à ces gosses ?

Cette nuit, comme les autres nuits, j'ai entendu l'eau couler. Une eau claire et pure qui circulait entre joncs et roseaux. Puis pour la première fois j'ai vu, vraiment vu un groupe de petits qui s'égaillaient autour. J'essayais de les prévenir d'un danger mais ma poitrine se soulevait, ouverte, déchirée, comme si le vent avait déraciné mon cœur. Je restais impuissante, muette. Je me souviens maintenant d'une voiture rouge, d'un enlèvement, et j'ai peur. Caroline peut-elle avoir raison ? Faisais-je partie de ces enfants dont on parlait à la radio ?

Est-ce un rêve ou la réalité ? C'est un jour d'automne pluvieux. J'ai sept ans, elle me tient la main dans le supermarché. La foule des clients me cerne, m'avale. Soudain me voilà perdue entre des jambes de géants qui piétinent le sol et menacent de me piétiner. Maman se réduit à une silhouette au loin, qui s'éloigne, s'éloigne, et je crie sans discontinuer, une vraie sirène. Au réveil, j'ai les traits tirés, la fatigue s'est incrustée avec le rêve. Bénédicte, ma meilleure amie depuis le primaire, me houspille :

— Bizarre que tu sois à ce point obsédée par cette histoire. Si tu lui en parlais, tout simplement, au lieu de fouiller derrière son dos ?

Pourquoi s'intéresser au passé de sa mère, à sa famille d'origine, à la mienne aussi, serait incongru ? Et je ne fouille pas, j'enquête. Nuance. Je garde ma colère pour moi, elle m'appartient.

— Discutes-en avec elle, franchement. Crevez l'abcès et passez à autre chose.

Facile à dire. Mais ma mère en semble également incapable, murée, hostile.

Un dimanche, je lui prends la main et me lance :

— Maman… Tu faisais bien partie de ces enfants arrivés ici en 1963 par bus entiers en provenance de La Réunion. J'ai vérifié.

Elle ferme les yeux, ses mains se crispent. Elle ne pipe mot.

— Pourquoi ne nous avoir rien dit ? Je ne comprends pas. Où était la honte ?

Elle recule légèrement comme si j'allais la frapper. Des filets brillants ravinent ses joues. La voir pleurer est atroce, mais je veux savoir.

— Écoute, je ne peux pas, explique-t-elle, je n'ai jamais pu recomposer l'histoire. Un trou noir. Avec quelques éclairs de soleil, de vagues souvenirs de jeux... Il y a une autre enfant, une petite comme moi, mais plus jeune, plus potelée. Je sens sa présence, perçois ses pulsations, comme si nous étions les deux ventricules d'un même cœur... C'est à peu près tout. Pour le reste, j'ai tout inventé : cette histoire d'accident, mes parents fauchés, mon départ précipité de La Réunion. Sans doute une façon de me protéger d'un abîme, vous en protéger aussi. Je n'avais qu'un but : vous offrir la plus douce, la plus tendre des jeunesses. Tout ce qui avait manqué à la mienne. Car si mes parents ne sont pas morts, ils m'ont abandonnée, et ce sont eux qui m'ont tuée d'une certaine façon.

Je caresse ses avant-bras.

— Mais s'il te reste de la famille là-bas...

— Impossible, se récrie-t-elle. Je suis orpheline. Et personne n'est jamais venu nous chercher, ne s'est manifesté pendant toutes ces années. De toute façon, cela ne regarde que moi.

J'explose, malgré moi.

— Cela me concerne aussi. De près ! Et si j'avais des oncles, des tantes, des cousins, que sais-je, là-bas ? Ton histoire est aussi la mienne, elle me hante, maintenant. Il ne s'agit pas que de ton enfance, mais de nous tous... Elle nous constitue, frappant à notre porte, s'invitant chez nous, prenant ses aises.

Comment ne le vois-tu pas ? Et comment être une fille heureuse si sa mère ne l'est pas ?

— Ils m'ont abandonnée, voilà la vérité. Tu veux savoir comment j'ai appris mon adoption ? Par un papier, un foutu papier trouvé par hasard dans un tiroir. Personne n'avait jugé bon de me tenir au courant, ni mes parents Gervais, ni les amis, ni les professeurs. J'en voulais à tout le monde.

Elle s'énerve, agite les bras, chassant des démons invisibles.

— J'étais une grenade dégoupillée à l'époque. Je me suis mise à sécher l'école, à traîner au café, dans les bars. La vodka-orange est devenue mon amie, les virées à moto, les joints aussi. Je te choque, ma fille ?

Je réponds « non » de la tête, même si ses gestes détraqués m'effraient.

— Ah ça, je plaisais, réplique-t-elle, hargneuse. J'étais la jolie métisse, celle que l'on pelotait dans les bars, à l'arrière des voitures boueuses, la fleur des îles pas farouche. J'ai gagné une drôle de réputation, coureuse, voleuse… La fille Gervais, la catin, on la surveillait dès qu'elle entrait dans les magasins. J'insultais les gens, cassais les vitres, piquais quand l'envie m'en prenait, embrassais n'importe quel crétin au bal. Je ne sais pas si tu aurais aimé me connaître à cette époque.

La tirade l'a épuisée. Je reste interdite devant cette adolescence agitée, le regard des autres sur elle, ce passé si soigneusement dissimulé.

— J'ai même réussi à saboter mes rêves de gosse. Je voulais être infirmière, tu le savais ?

Non, je l'ignorais. Je l'ai toujours connue composant bouquets et couronnes. Comment l'imaginer penchée sur un malade ? Le portrait qu'elle dresse d'elle à mon âge ressemble si peu à ce que je sais d'elle !

— De toute façon, avec mes notes, reprend-elle, la question ne se posait pas. L'école ne voulait plus de moi. Et je me suis retrouvée enceinte. De toi. Alors j'ai pris tous les jobs qui passaient, serveuse, caissière, manutentionnaire… Tes grands-parents paternels m'ont aidée du mieux qu'ils pouvaient. La rage a mis du temps à s'atténuer. Alors aujourd'hui je n'ai pas envie de revivre ces années-là, de remuer tout ça. Je ne peux rien t'interdire, tu es bien assez grande, mais ne compte pas sur moi, c'est au-dessus de mes forces. Tu comprends ?

Je m'apprête à parlementer encore, à demander son aide, car sans elle je ne pense pas y arriver, quand une cavalcade emplit soudain le couloir. Sébastien déboule, suivi de Papa. Ma mère se métamorphose alors, tend ses bras, accueille mon frère d'un câlin, offre ses lèvres à mon père. Un modèle de maman au sourire frais, à la tendresse idéale, celle que j'ai connue toutes ces années. Je sais désormais qu'elle jouait un rôle, qu'elle s'appliquait à devenir autre pour notre quiétude et son équilibre personnel. Vertige de cette révélation. Insensible au climat entre nous, mon frère court à la fenêtre, allume son robot. Le cocon se reconstruit autour de la reine des abeilles, flanquée d'un mari qui l'adore.

Face au trio, je redeviens l'étrangère, celle qui a pressenti un mystère, mis le bout d'un pied sur des terres inconnues, hostiles, comme la mémoire quand elle résiste. Une vague de solitude me chasse au premier étage. Sa chambre tient du sanctuaire, blanche, spartiate, calme, nette, comme elle. Enfin, nette… Pourquoi en ouvrant son armoire ai-je fait tomber cette boîte à chaussures toute neuve ? À côté de ballerines noires, un carnet fleuri où court son écriture serrée, et à la dernière page ces quelques mots :

Je me souviens maintenant d'une voiture rouge, d'un enlèvement, et j'ai peur. Caroline peut-elle avoir raison ? Faisais-je partie de ces enfants dont on parlait à la radio ?

Il s'est donc bien passé quelque chose là-bas, à La Réunion ! Je le sentais. Voilà pourquoi le film où l'on kidnappait une enfant l'a tant bouleversée. Je ne peux plus me taire.

Papa me raccompagne à ma voiture, je lui raconte tout ce que je sais d'une voix blanche : l'histoire imaginée par ma mère, et la réalité, ces enfants déplacés, déportés à Guéret…

— C'est insensé. Je n'arrive pas à y croire !

— Mais tu savais, pour La Réunion ?

— Uniquement ce qu'elle m'en avait dit. Et ce qu'elle t'a raconté plus tard. Orpheline là-bas, adoptée ici. Rien avant et rien au milieu. Les Gervais devaient en connaître un peu plus, mais ils n'ont rien laissé filtrer. Elle les avait sûrement chapitrés. De mon côté, je sentais qu'il ne fallait pas fouiller le sujet. J'ai préféré l'aimer, la protéger. Est-ce mal ?

— Mais dans quel état était-elle quand vous vous êtes connus ?

— Seule, malgré cette famille de Guéret. En colère parfois, triste à ses heures. Je me souviens de notre mariage… Beaucoup d'invités de mon côté et seulement les Gervais du sien… Pas de frère, puisqu'elle ne souhaitait pas sa présence, ni cousins, ni tantes, ni marraine. Chaque fois que j'ai voulu aborder sa couleur de peau, sa petite enfance, elle a éludé, s'est fermée comme un coquillage de là-bas. Dans mon entourage, certains trouvaient exotique, presque politique, ce mariage avec une « femme de couleur ». Comme je détestais cette expression affreuse et si provinciale ! Ma famille n'a jamais donné à ta mère le sentiment qu'elle était une étrangère. On était Marc et Isabelle, on s'aimait, c'est tout.

Ses yeux brillent de larmes, d'émotion, d'incompréhension.

— Ne brusque pas ta mère, conclut-il. Son histoire, je crois, la possède sans qu'elle le sache vraiment. La honte, je pense.

— Honte de quoi ?

Les mots m'écorchent la gorge. Soudain, j'ai l'impression d'avoir l'âge de mon frère, une enfant égarée, crochetée par le secret des adultes, dégringolant l'escalier familial.

— Honte d'être orpheline, d'avoir été adoptée. C'étaient d'autres mentalités, tu sais… On ne disait rien aux gosses à l'époque, on les culpabilisait, ils pensaient que la faute leur incombait si on les rejetait, ils s'imaginaient avoir commis des choses terribles.

Il s'éloigne, non sans avoir enserré mon visage dans ses mains tièdes et douces, comme s'il voulait le modeler, l'apaiser. Son sourire est un baume, un cadeau. Les mots paternels me suivent bien après son départ. Je pense à elle, sa révolte, ses blessures. Mais aussi à moi, à ce besoin taraudant de retrouver une trace, d'éclairer cette zone de mes racines, de mon histoire souterraine, dans la vase du passé. Une chose est sûre : on m'a menti, volé la mémoire de ma famille. Et je ne le supporte pas, la rage m'habite désormais. Est-ce sa faute, celle de mes grands-parents, de l'État ? Le besoin de savoir m'éperonne.

— Maman, il me faut une procuration signée de ta main. Pour enquêter là-bas.

Elle s'est raidie, mais j'ai renchéri :

— Si tu ne le fais pas pour toi, pense à moi. Je dois me rendre là-bas pour comprendre, clarifier les choses, réunir les tiges de mes ascendants. C'est le côté fleuriste de la famille…

Ces derniers mots l'ont touchée, elle en a souri, et vaincue par mes arguments elle a paraphé le précieux sésame.

La vendeuse de l'agence de voyages me tend un billet d'avion tamponné d'un sourire manufacturé. En me promettant un bronzage de « vahiné », elle s'embrouille un peu dans la géographie, mais qu'importe, je serre le rectangle cartonné, émue. Que vais-je découvrir sur cette terre inconnue ?

Novembre 1999

Avant d'atterrir, je me suis dévissé le cou au hublot pour distinguer l'ourlet blanc de la barrière de corail, la forme de caillou de l'île jetée dans l'océan, les montagnes couleur d'ardoise, le toit des cases. Mais à l'ouverture des portes, c'est la chaleur qui fait les présentations. Un instant, je crois qu'il s'agit du souffle des réacteurs, tant celle-ci vous saute au visage, animal avide, s'accrochant à votre cou, faisant palpiter votre sang. Mais ce n'est que l'air qui circule, alangui, raréfié, en ce début d'été austral où La Réunion ressemble à une étuve. Je cligne des yeux, aveuglée par la lumière, affaiblie par le long périple. Pas de repos pour moi, j'ai compulsé mes notes pendant le trajet, pour en apprendre davantage sur cette île, totalement déserte jusqu'à ce que les Français la colonisent, au milieu du XVIIe siècle, devenue l'île Bourbon, escale de la Compagnie des Indes orientales, haut lieu de la canne à sucre et de l'esclavage avant son abolition, en 1848, une terre de métissage où chacun se côtoie, porte sa différence, sa couleur de peau, sa religion, son ethnie comme autant de signes d'appartenance à une région lointaine reconstituée ici, dans cette île. À l'aéroport, ultra-moderne, des gens partout s'agitent, palabrent. Malgré la climatisation, alors que j'erre parmi les touristes en short, une chape d'angoisse m'assomme. Je tente de me calmer : après tout, je suis en France, une France du bout du monde, certes, mais mon pays quand même. Je devrais pouvoir me débrouiller.

— *Bonzour. Koman i lé ?*

Je souris au son de ce créole mélodieux, aux syllabes dansantes. Cette langue est une musique à elle seule. Le chauffeur de taxi me dévisage, goguenard.

— *Et oussa nou sava*[1] ?

1. Où va-t-on ?

J'indique l'adresse d'une maison d'hôte dénichée par l'agence de voyages et me laisse absorber par le spectacle déroulé tout au long du front de mer.

— Cette route est l'une des plus chères au monde, précise le conducteur avec fierté.

Des maisons aux toits mandarine, l'encre de la mer, les cases chapeautées par les arbres et englouties par la verdure, les palmiers bien coiffés, les camaïeux du ciel, les pupilles sont saturées par les couleurs. Et le chapelet des pancartes qui défilent : Saint-Denis, Saint-Paul, Saint-Leu, Saint-Pierre, Sainte-Marie, Sainte-Suzanne, Saint-Benoît, Sainte-Anne. Tous les saints du monde semblent effectuer la ronde dans cette partie de France si lointaine. Bientôt la banlieue de Saint-Denis et ses immeubles blancs de quatre étages cuisant sous un soleil implacable… La ville étonne, tracée au cordeau, avec ses artères commerçantes et ses grandes avenues embouteillées, semées d'obélisques et de parcs. D'antiques demeures posent à la façon de vieilles dames dignes, cachant leurs fissures derrière de hautes grilles. On devine des statues, des persiennes abîmées, des vasques vides, tout un décor de théâtre improvisé, de rêve tropical. Située rue des Sables, la maison d'hôte dispose d'une véranda et d'un jardin miniature à la végétation anarchique. Une femme au port altier m'accueille.

— Bienvenue aux Flamboyants, je m'appelle Ludivine – Ludivine Mazeau.

Le thé glacé est un délice après cette chaleur. Mon hôte insiste pour me montrer le jardin avant le *fénoir*. Devant mon air ahuri, elle précise :

— Oui, quand il va faire nuit, quoi ! C'est notre façon de parler.

J'apprendrai aussi que je suis une zoreille, une Blanche de métropole, en référence à l'habitude des Français du continent de tendre l'oreille pour tenter de capter des mots. Mon hôte se présente comme une yab, une Réunionnaise blanche. Mais il y a aussi les zoréols, nés d'un mariage entre une créole et un zoreille. Quelle volubilité, quel méli-mélo de paroles ! Je souris niaisement, totalement dépaysée par ce cours ethnologique. Elle insiste pour m'expliquer l'agencement type d'une maison créole : le devant sied aux pièces de vie, aux visites, à l'arrière se cantonnent les espaces domestiques, les communs. Je me perds un peu dans ces distinctions, mais bientôt, enflammé par le ciel rose du crépuscule, le jardin s'anime, crépite, se gonfle de senteurs. La blancheur des frangipaniers me tend les bras, le velouté de l'air sous l'ylang-ylang me chatouille voluptueusement les narines. Ici, la nature exulte, s'arroge vos sens, les affine, les multiplie, déploie le nuancier de l'univers en des suites de poèmes physiques, d'épiphanies colorées. J'aspire l'air, un résumé de mer, et je me sens bien. Je dormirai profondément, en pensant aux miens si loin, bercée par le chant d'un océan qui s'invite dans ma chambre.

Le matin, j'ouvre tôt les yeux : plus timide que la rumeur des voitures, la lumière pénètre à peine dans la chambre. J'explore un peu les environs, passe en revue les marchands ambulants et leurs piles de mangues frottées au piment, ceux qui vendent de la bière baptisée « Dodo » ou des assortiments de souvenirs, des tapis tissés de losanges multicolores qu'on appelle ici « tapis mendiants ». Quelle profusion ! Je voudrais tout acheter, tout rapporter. Je marche dans des coulées de soleil, les contours des maisons tressaillent sous la chaleur à peine atténuée par l'ombre des tentures des boutiques. J'admire les balcons, les frises roses, les jalousies ajourées et les lambrequins de la rue de Paris, dont la forme évolue avec l'inclinaison de la lumière, la végétation électrique. Bref, j'ai tout de la touriste qu'on interpelle…

— Samoussas au poulet, poulette ! Tu ne les trouveras pas à Paris ! Et tu dois goûter à mes *pittayas*[1].

J'éclate de rire en choisissant les beignets triangulaires qui embaument les épices.

Enfin quatorze heures. Rendez-vous au conseil général, un immeuble moderne au charme administratif, flanqué de palmiers ébouriffés, comme fouettés par ces drapeaux en façade claquant au vent. Le ventre noué, j'emprunte un dédale de couloirs en suivant les pancartes jusqu'au « Service enfance et famille ». Une femme sanglée dans un tailleur rouge siège derrière un bureau. Sur ses lèvres écornées, au coin des yeux las, s'est posé le masque de la cinquantaine.

Après l'avoir saluée, je lui raconte dans le désordre ce que je sais.

— Ma mère a fait partie d'un groupe d'enfants envoyés dans la Creuse. Orpheline, elle y a été adoptée. Et je recherche…

— Pardon de vous interrompre, mais seule la personne concernée a le droit de consulter son dossier.

1. Fruit rose qui ressemble à un cactus.

— Bien sûr. J'ai apporté une procuration.

Elle me prend le papier des mains, puis m'explique :

— Beaucoup d'enfants ont été dans ce cas entre 1963 et 1982. Il s'agit d'une opération menée par l'ancienne Aide sociale à l'enfance, la DDASS. Un beau succès, cette relocalisation en métropole.

Les questions affluent dans ma tête. Dans quel but envoyer un enfant si loin ? Et de quel droit ?

— Pour votre maman, me prévient-elle, il n'y a pas grand-chose. Beaucoup de dossiers ont brûlé dans un incendie ou ont été abîmés par les cyclones ces dernières années.

Je dissimule ma frustration. Mais ce dossier, aussi mince que celui de Guéret, doit être passé au peigne fin. Le moindre détail peut constituer une piste.

— Vous trouverez ici son acte de naissance. Il s'agit de Pauline Rivière, née de Jeanne Potin et de Carélien Rivière, le 29 octobre 1957 au Tampon. Vous souhaitez une photocopie ?

À Guéret, la fonctionnaire avait mentionné une enfant prénommée Isabelle. Pourquoi ce prénom-ci et non celui d'origine figurait-il sur ses papiers en métropole ? En vérité, elle s'appelait Pauline. Pauline Rivière. Je prononce ce nom à voix basse comme pour m'en persuader.

Isabelle Gervais, mariée à Marc Estivais, et dans une autre vie Pauline Rivière. Un beau patronyme qui lui ressemble par ses sonorités douces, son évocation de la nature, de l'eau qui nettoie, traverse et rassemble.

Mais le choc est immense, comme celui d'apprendre que mes grands-parents se nommaient

Jeanne et Carélien. Ces prénoms les incarnaient, les tiraient de l'ombre, de l'oubli, les transformaient en êtres réels, de sang, de chair, des êtres qui avaient vécu, aimé, joui et sans doute souffert de la vie, avant d'être couchés ainsi sur le papier. Et s'ils avaient eu d'autres enfants ? Peut-être en avaient-ils eu le temps... Et, allons plus loin, s'ils vivaient encore ? Après tout, qu'en savait-on ? La climatisation du bureau accentue un tremblement que je m'efforce de juguler face à la placide fonctionnaire. J'ai l'impression que l'on vient, alors que j'étais enlisée dans un marécage, de me tendre une perche, celle des noms de ma parenté, en même temps qu'un peu de l'enfance de ma mère.

— Ça va, vous vous sentez bien ?

— Oui, merci.

— Je dispose d'un autre document, mais je ne sais pas à quoi il correspond.

Elle pointe un doigt manucuré sur une feuille jaunie.

— Ah, voilà, c'est une autorisation de sortie du territoire, signée par un commissaire de police.

Sous le nom de ma mère, un matricule, le numéro 874. Huit cent soixante-treize enfants seraient-ils partis avant elle ? Ni date ni numéro d'acte, rien qu'une phrase en bas de page : *La présente autorisation, valable jusqu'en février 1965, l'est pour un seul voyage.* Un seul voyage.

Dans toute sa sécheresse administrative, ce document est la preuve qu'aucun retour au pays n'était prévu par les autorités : les enfants devaient rester en métropole, impuissants face à la machine d'État.

Un voyage unique, un saut dans l'inconnu, une condamnation.

— Mais pourquoi les a-t-on envoyés là-bas ?

— Je ne peux vous répondre, rétorque froidement mon interlocutrice. Je n'étais pas en poste à l'époque, mais tout a été effectué de manière légale par les services compétents, soyez-en persuadée.

Je prends des notes quand elle fronce soudain les sourcils en s'emparant d'une autre feuille. D'un tiroir, elle tire un flacon de blanc correcteur, efface consciencieusement des lignes d'un document.

— Mais que faites-vous ?

— Eh bien, j'efface.

— Attendez, de quoi s'agit-il ? Vous n'avez pas le droit.

Je me lève pour voir ce qu'elle blanchit rageusement.

— Nous avons autorité en la matière, mademoiselle Estivais. Et d'autres personnes que vous sont intéressées au dossier.

Je saisis mal ce charabia administratif, mais son opacité est un message en soi. Pourquoi dissimuler ainsi une partie du dossier ?

— Il n'y a aucune obligation à vous recevoir, vous savez, lance-t-elle. Nous vous faisons donc une faveur.

Tout à coup le ton s'aigrit, monte. Je refrène mon envie de lui arracher ce papier des mains, de la bousculer même, tant elle affiche de mauvaise volonté. L'arbitraire m'a toujours révoltée. Quelque chose de rouge hurle dans ma gorge. À Guéret aussi, on avait refusé de me communiquer le nom de la famille d'accueil. Mais cette fonctionnaire, contrairement à sa collègue de métropole, ne me laissera jamais seule dans son bureau : campée devant moi, les bras croisés, forte de son autorité face à la Blanche de passage, elle me toise. Je me grandis, ferme les poings. Rien n'y fait. En désespoir de cause, je lui tends mes coordonnées, sans me faire d'illusions. Je dispose cependant d'informations capitales, ces deux noms : Rivière et Potin. On dirait qu'ils m'appellent, veulent chuchoter quelque chose à la Limougeaude en visite sur leurs terres. Leur sang qui circule dans mes veines demande des réponses, exige des explications.

Je suis sortie du rendez-vous éreintée, comme si j'avais couru un sprint. Désorientée aussi, ne sachant que penser. Pourquoi accéder à l'information se révélait-il aussi complexe ? Que s'était-il donc passé avec mes grands-parents ? Ma dernière conversation avec ma mère me revient en tête.

— Et si on te traitait mal là-bas ?

— Mais enfin, maman, pourquoi voudrais-tu que l'on me traite mal ?

— J'ai peur de ce que tu vas trouver, Caroline. Imagine que ma famille naturelle ne soit qu'un ramassis d'alcooliques, de crétins, de voleurs ou pire encore ? Je m'attends à tout…

Elle avait parlé si bas que ces mots avaient failli m'échapper, mais ils réapparaissent sous le soleil…

Je réfléchis au moyen de contacter les Rivière sur l'île, par l'annuaire, quand une faiblesse m'envahit, ma vue se brouille, mes jambes se dérobent. Besoin de caféine et de sucre : ce climat tropical sape mon énergie. Le premier bar à l'ombre d'un arbre fera l'affaire. J'y commande un café, distraitement, en compulsant mes notes.

— Vous ne devriez pas, dit une voix profonde au registre grave. L'espresso n'est pas terrible, ici. À La Réunion, il faut absolument goûter au café Bourbon ! Pointu, léger, onctueux, avec un petit goût de mandarine. L'arabica le plus cher du monde. Vous connaissez ?

Je me retourne et découvre un homme assis, à la peau bistre, aux lèvres charnues, au front bordé d'un océan de boucles brunes et déraisonnables, et des yeux si noirs qu'ils en paraissent maquillés – le type à la trentaine séduisante et qui le sait, des sourires plein la besace. Tout à fait le genre que j'évite normalement. Je hoche mollement la tête : aucune envie de parler. Mais cela ne l'arrête pas.

— Alors, ainsi, vous passez vos vacances sur notre île ?

— Ça se voit tant que ça ?

— Disons que les zoreilles, je les reconnais tout de suite.

— Ah oui, ceux qui tendent l'oreille pour comprendre…

— Il existe, vous savez, une autre version de ce mot, qui désigne aussi les Blancs d'ici : les chasseurs de nègres qui s'enfuyaient devaient revenir avec leurs oreilles. Coupées.

Devant mon air stupéfait, il sourit pour atténuer l'horreur de son propos. J'aperçois une petite boucle d'oreille qui luit dans le soleil. Un pirate… Je chausse mes lunettes pour me donner une contenance, replonge dans mes papiers.

Son regard audacieux et sensuel s'attarde sur moi. Soudain, la température grimpe, des ondes de chaleur m'enveloppent. Il étend ses jambes gainées dans un jean blanc, frôle mon pied sous la table. J'en renverse ma tasse. D'une main aux ongles étrangement longs et soignés, l'homme attrape mes notes au vol.

— *Tilamp, tilamp,* vous m'avez l'air bien tendu !

Et il rit, d'un rire généreux comme une fontaine, d'un rire qui ouvre des brèches, mousseux et cristallin à la fois. Un sourire m'échappe, avec une question :

— C'est quoi, *tilamp* ?

— « Doucement ». Ici, voyez-vous, on sait prendre son temps. Je m'appelle Sully – Sully Cochard –, de Radio Free Dom, pour vous servir.

— Et moi, Caroline Estivais.

La mention d'une radio retient toute mon attention.

— Vous êtes journaliste ?

— Oui.

— Moi aussi ! Enfin presque, étudiante à Clermont-Ferrand.

La glace est rompue. Nous discutons médias, revue de presse, journaux en métropole ou ailleurs, ma future spécialisation possible en économie. Il en profite pour se rapprocher de moi, le sourire carnassier. Son odeur de vétiver me trouble.

— Je cherche une famille d'ici, les Rivière.

— Hou là là ! s'amuse-t-il. Bonne chance, c'est un patronyme très courant sur l'île. Qu'est-ce que vous leur voulez, à ces Rivière ?

— Ma mère a quitté La Réunion avec d'autres enfants dans les années 1960.

Son visage s'assombrit.

— Elle fait partie des exilés de la Creuse ?

Je sursaute.

— Comment le savez-vous ?

— J'ai travaillé sur le sujet l'an dernier. Deux mille enfants au moins, partis dans des conditions désastreuses. Une vraie saloperie, un scandale d'État.

Enfin ! Après ces mois de recherche, de questions sans réponses, je rencontre quelqu'un qui semble savoir ce qui s'est passé.

Ses yeux me percent.

— Que connaissez-vous du parcours de votre maman ?

Je lui raconte l'arrivée à Guéret, la famille d'accueil, l'adoption, ce que j'ai pu réunir comme informations. Il m'écoute puis m'explique :

— À partir de 1963, les services sociaux ont écumé les campagnes à la recherche de gosses pauvres. Certains étaient des *z'enfants jetés* abandonnés ou des orphelins. D'autres vivaient avec une grand-mère, une tante, une voisine, c'était courant par ici. La démographie explosait, le nombre de filles-mères aussi… Des assistantes sociales repéraient les petits, prenaient prétexte d'un manquement à l'éducation, souvent une affaire d'hygiène ou d'encadrement – facile par chez nous –, et emmenaient les gosses. Au besoin en falsifiant les papiers.

— Mais pourquoi ?

Il élude ma question et s'emporte :

— J'ai rassemblé des témoignages, trouvé des preuves, rencontré des familles. Si tu es disponible, je connais quelqu'un qui va t'intéresser.

— Oui... J'ai tout mon temps.

Et j'emboîte le pas à cet inconnu qui a garé sa voiture près de la cathédrale immaculée. Me laisser emmener par le premier venu, ce n'est pas mon style non plus, mais j'ai confiance : félin mais pas féroce, l'homme ne semble pas du genre à enlever les jeunes filles. Pendant qu'il me parle en conduisant, je m'efforce de ne pas laisser flotter mon regard sur le dessin de ses pommettes, ses longs cils, sa crinière. Quelque chose chez lui m'ôte le souffle.

— Il y a pire, tu vas voir. Certains gosses avaient encore leurs parents – miséreux, malades, imparfaits, parfois alcooliques, mais présents. Il a fallu les disqualifier, les persuader aussi de lâcher leur progéniture.

— Comment ?

— Eh bien, les assistantes sociales ont menti, affirmé que les petits rentreraient au pays pour les vacances, entreprendraient de bonnes études, seraient choyés en métropole. Un piège pur et simple.

Nous roulons vers le sud. Parfois, j'aperçois par la fenêtre les hautes cheminées des usines du temps où la canne à sucre, je l'ai lu, régnait sur l'île.

— Les parents, le plus souvent, n'ont pas eu de nouvelles, reprend-il. Pour certains, on leur a même annoncé la mort de leurs gamins en France. C'était faux, mais comment vérifier si loin de chez vous ? Il s'agit d'un mensonge à très grande échelle.

Il ponctue ces mots en frappant le volant et continue :

— Résultat : des familles lacérées, des histoires brisées, des deuils mensongers. Une saleté.

Je pense à ma mère, victime comme beaucoup de cette traite d'enfants dont j'ignore encore tant, et je me mets à sangloter, dans cette voiture inconnue quelque chose lâche en moi. Cette contrée m'apparaît soudain fermée, hostile, dangereuse, à mille lieues des brochures touristiques vantant une île paradisiaque. Sous les tropiques, de la violence, de la douleur. Je sens alors une main chaude, enveloppante, se poser sur la mienne, et je l'y laisse. Trop d'émotions me submergent, mêlées à l'odeur de propre, de frais de cet homme si près de moi. Trempée de sueur, j'ai aussi étrangement froid.

— Le type qu'on va voir te racontera mieux que moi, affirme Sully. C'est un *Caf' La Boue*[1], quelqu'un qui en a bavé. Un homme bien.

Je reste silencieuse. Libérée des bouchons, la voiture avale la route. Sur les bas-côtés, des femmes cheminent, s'abritant du soleil sous des parapluies éclatants, au milieu d'enfants insouciants et rieurs. Les couleurs reviennent dans mon ciel tandis que nous longeons la mer, ses anses de sable blanc et les cocotiers déhanchés. À hauteur de La Rivière-Saint-Louis, la campagne joue une symphonie de verts pour les mille créatures grouillant sous la terre humide et le ruissellement des plantes.

On s'arrête devant une modeste case en bois, au toit en paille de vétiver, éperonnée d'une parabole

1. Noir pauvre.

ultra-moderne. Le claquement des portières n'inquiète pas les poules picorant dans la cour.

— Caroline, je te présente André Jules Dijoux.

L'homme, aux bras lardés de cicatrices, paraît taillé d'un seul bloc, avec son cou épais surmonté d'une figure aux méplats accusés. Les deux disques bleus braqués sur moi, luminescents, me rappellent un vers de Tristan L'Hermite, « La nuit sur son visage, et le jour dans ses yeux ».

André essuie ses mains avant de s'approcher.

— *Koman i lé ?*

— *Lé la*[1].

— *Le in plezir*[2].

— Oh, Jules, mademoiselle arrive de métropole. Alors on parle français, d'accord ?

— Entendu.

Pendant que Sully me précise qu'à La Réunion on appelle les gens par leur nom de famille ou leur deuxième prénom, l'homme s'esquive et revient avec une bouteille de rhum. Ils trinquent en s'esclaffant, se demandent des nouvelles de connaissances communes. La conversation roule sur la pêche aux bichiques, qui, je l'apprends, seraient le « caviar de La Réunion ». Sully tient absolument à m'expliquer comment attraper ces petits alevins…

— On les prend à l'embouchure des cours d'eau à l'aide d'une masse, la *vouve.*

Cela me passionne modérément, mais j'hésite à les interrompre, par courtoisie, par stratégie aussi : inutile de les brusquer, d'entrer dans le cliché de la métropolitaine pressée. Sully me quitte rarement

1. Ça va.
2. C'est un plaisir.

du regard, et je dois me retenir de relever la mèche balayant ses yeux troublants. Les poules indifférentes, le chant lancinant des grenouilles, le chien sommeillant sur un vieux tapis m'offrent une relative diversion…

— Mon ami, lance enfin Sully, sa maman a été envoyée dans la Creuse, elle aussi. Tu pourrais lui en parler ?

— Ah, c'est une histoire de mélasse et de malheur, comme on dit ici.

La masse humaine ferme les yeux, comme pour rameuter ses souvenirs.

— Nous étions cinq enfants chez nous, près d'Entre-Deux. Trois garçons et deux filles, tous de pères différents. Ma mère était, comment dire, « légère »… Contre un petit billet, elle faisait profiter les hommes de sa chaleur…

J'aimerais enregistrer ses propos, mais je crains de le déstabiliser.

— On ne mangeait pas tous les jours à notre faim, mais on se débrouillait, on piquait des bananes, grappillait des mangues. On trouvait toujours une bonne âme pour nous donner une assiette de riz, de cari-poisson[1] ou de poulet. Et puis un jour, les voisins nous ont dénoncés aux gendarmes.

— Pour quelle raison ?

— Pure vengeance. Une affaire de voisinage, quelques arpents que les adultes se disputaient depuis des générations.

1. Plat mijoté.

— Ça arrivait souvent, intervient Sully. Certains ont profité du trafic d'enfants pour régler leurs comptes.

— Un jour, donc, le garde champêtre nous a ramassés avec mes frères. Direction Hell-Bourg.

Jules suspend son récit, lève les yeux au ciel. En cet instant, il ressemble à l'enfant qu'il fut, et le contraste entre sa corpulence et son air de bambin perdu est saisissant.

— Hell-Bourg ?

— L'un des plus beaux villages de l'île, précise Sully. Cerné de pics montagneux, au fond du cirque de Salazie.

— Et aussi l'un des foyers les plus durs de La Réunion, un vrai bagne. Pour nous, ce fut comme son nom l'indique le « bourg de l'enfer ». Trois cent cinquante garçons enfermés. Quarante par chambrée… Certains n'avaient que trois ans, d'autres souffraient de maladies, de handicaps. Les punitions pleuvaient au cachot. Ceux qui voulaient s'enfuir, on leur rasait le crâne et les ficelait dans un sac en jute. Ils devaient se déplacer toute la journée en sautant, ça leur faisait passer l'envie de recommencer… Ça, on en sortait droit, d'Hell-Bourg, comme disaient les adultes.

— La marmaille n'était pas à la fête, reprend Sully. Il y avait de tout, des enfants décrits comme « à risque », ceux qui séchaient les cours, des petits chapardeurs, des gosses raflés dans les bidonvilles.

— J'ai bien essayé de protéger mes frérots, mais les vols et les rixes, parfois sanglantes, étaient permanents. C'était le règne de la cogne, des abus en tous genres. Partir pour la France est apparu comme une délivrance.

L'homme se lève, effectue quelques pas dans la cour, afin de reprendre ses esprits.

— Vous aussi, vous avez séjourné à Guéret ?

Je sors une photo de ma mère, celle du concours d'herbiers, retrouvée par la documentaliste de *La Montagne*. Elle sourit, les yeux empreints de fierté, le menton volontaire, face aux caméras. Un trésor.

— L'avez-vous croisée ?

Jules la regarde attentivement puis secoue la tête.

— Je suis arrivé en 1966, l'année record pour l'« exportation » des gamins. On était déchaînés. Dans le car qui nous emmenait au foyer, on a tout arraché, les housses des fauteuils, les accoudoirs. À l'arrivée au foyer, des sièges, des tables ont valsé... Des bêtes sauvages, malades d'être embarquées dans une aventure qui, on le sentait confusément, ne nous vaudrait que du malheur.

Sully me prend la photo des mains et me dévisage, étonné de découvrir ma mère plus foncée de peau que moi.

— J'y suis resté six mois, reprend Jules. Et puis on nous a séparés, mes frères et moi.

— Mais pourquoi ? Je ne comprends pas !

— Pour mieux nous intégrer, favoriser un nouveau départ. L'Administration trouvait ça préférable.

— Une punition de plus, souligne Sully. La pire, sans doute.

— Oui. Car j'apercevais parfois mes frangins dans la rue ou des foires. Sans avoir le droit de leur parler. On se regardait, on se faisait des petits signes de la main. Je bombais le torse, après tout j'étais l'aîné, mais à l'intérieur je me consumais. Combien de fois ai-je confié ma tristesse aux arbres, aux pierres…

On nage dans *Les Misérables* ou *La Case de l'oncle Tom* ! Quelque chose en moi refuse de les croire. Et si ces deux-là se moquaient de moi ?

— Mais vous avez des preuves de tout cela ?

— Les témoins racontent tous la même chose, intervient Sully. Il y a des dizaines d'histoires identiques à celle-ci.

Je reviens à mon cas personnel.

— Et vous avez aussi connu les familles d'accueil ?

— Oui, à la ferme, comme beaucoup de garçons. Pas d'école, évidemment. Aux grands froids, on coupait des choux sans gants, les mains gelées, en piétinant dans la boue. Je suis arrivé là-bas avec des savates doigts de pied[1] et je les ai gardées un bon moment. Le paysan me répétait « Travaille, tu auras plus chaud » !

— Mais enfin, les maisons étaient chauffées, quand même…

— Les maisons, oui, répond tristement Jules, mais je me lavais dehors dans un baquet et je dormais dans l'abri aux outils.

Je repense à la ferme en ruine des Granger, à l'inconfort de ces années-là chez nous : à peine quatre pour cent des agriculteurs disposaient de l'eau chaude. Dans les campagnes, douches et W-C

1. Tongs.

étaient rares. Comme ici sans doute, mais avec en sus un froid terrible pour les petits déracinés…

— Et figure-toi que tout ce travail effectué par les enfants n'a jamais été payé.

J'interroge Sully du regard.

— Oui, la DDASS donnait un petit pécule tous les mois, mais aucun gosse n'en a vu la couleur. Les fermiers la raflaient. Ils disposaient d'une main-d'œuvre gratuite et corvéable à merci.

— On recevait bien des vêtements, reprend Dijoux. Le fameux « trousseau de vêture », comme on disait. Mais qui allait directement au fils du fermier. À moi les vêtements usagés, les guenilles…

J'ai envie de le serrer dans mes bras, mais je n'ose pas et je pose ma main sur la sienne, toute déformée.

Nous scrutons le soleil, qui joue à cache-cache entre les feuilles.

— On a été bernés, en fait. Les enfants, les parents, et même les paysans, qui n'étaient pas forcément cupides et qui sont tombés sur des négrillons fous de chagrin. La Creuse nous a tous creusés !

Je m'accroche à son regard.

— Dans cette histoire, les enfants n'avaient qu'un droit, celui de se taire. Les petits ne gagnent jamais.

Et là, quelque chose d'inattendu, d'incongru, survient : cette force de la nature titube, se liquéfie, de grosses larmes dévalent ses joues ravinées.

— Excusez-moi, mais j'ai mis trente ans à revenir sur mon île, ma terre. La plupart n'ont jamais revu leur pays, faute de moyens ou d'envie. Ils ont construit leur vie en métropole.

— Comme ma mère…

— Oui… Moi, j'ai survécu, enchaîné les petits boulots. Le sport, les compétitions de judo m'ont sans doute sauvé. Mais je suis resté un gamin dans ma tête, un enfant qui aurait préféré user ses culottes au soleil d'ici plutôt qu'en Sibérie.

Sully se lève d'un bond et part arpenter la route, mâchoires serrées : un bloc de rage. Restée seule avec Jules, j'attends qu'il se calme.

— Parle de nous en métropole, m'enjoint-il. Dis-leur qu'on nous a volé notre enfance, à nous autres.

Je promets, gorge serrée. Pourquoi a-t-on si peu entendu parler de ce qu'il faut bien appeler un esclavage moderne ?

On reprend la route du littoral embaumée de saumure, des langues d'écume et d'eau semblent venir à notre rencontre.

— J'aurais aimé t'offrir le tour royal de l'île, te montrer notre volcan, mais je suis attendu.

Mon esprit vagabonde, colonisé par ces visions de gosses transis, révulsé par ces promesses non tenues, et le mépris dont ils furent l'objet, traités comme des plantes vertes qu'on pouvait déraciner, arracher à leur milieu. Une doctrine d'un autre âge au cœur des « trente glorieuses »… Mais je n'ai pas le temps de m'appesantir, mon chauffeur s'arrête sur le bas-côté entre L'Étang-Salé et Saint-Leu et d'un geste théâtral m'ouvre la portière.

Le Souffleur nous sort le grand jeu ! Spectacle fascinant en contrebas, la mer explose dans une fumée d'embruns. L'eau s'engouffre dans une grotte sous-marine dont l'air sous pression s'irise dans un nuage de gouttelettes. On se croirait en Bretagne, avec cette violence océane attisée par la houle. J'exulte de plaisir, la vie semble de nouveau simple et belle.

— Enfants, nous venions pique-niquer ici le dimanche ou à Grande-Anse pour admirer les vagues. J'y reviens en pèlerinage chaque fois que quelque chose me tracasse.

— Comment t'es-tu intéressé à cette histoire ?

— Par mon père. Je viens d'une famille de marrons, très pauvres. Tu sais ce que c'est ?

— Les Noirs fuyant dans les montagnes pour se cacher, c'est ça ?

— Oui. Mes ancêtres ont été déportés d'Afrique sur l'île Bourbon afin de ramasser la canne et le café. Le dos cassé, les coups de machette, la foire aux Noirs, ils ont tout enduré. Grâce aux sacrifices de sa famille, mon père a réussi à s'élever, à devenir gendarme. Il en était très fier, sauf quand il s'agissait de ces gosses…

— Il les a vus partir ?

— Pire que ça. Il a dû aller les chercher, puis les livrer. Certains se débattaient, couraient se cacher dans la forêt. Il fallait les rattraper. Obéir à l'État français, cautionner plus ou moins cette infamie… Il ne s'en est jamais remis.

Sur la route du retour, j'assemble mentalement les pièces du puzzle. Si j'ai beaucoup appris en une matinée, l'essentiel m'échappe. Pourquoi transplanter des petits dont certains n'avaient pas six mois ?

— Tu n'as jamais entendu parler de Michel Debré ? « Papa Debré », comme on l'appelle ici ?

Mes cours d'histoire me reviennent. Debré, Premier ministre du général de Gaulle. Et député de La Réunion, si je me souviens bien.

— En 1963, poursuit Sully, la situation démographique est explosive : sept enfants en moyenne par famille, soixante pour cent de la population de l'île a moins de vingt ans, un fort chômage, les soubresauts de la décolonisation…

— Quel rapport avec ces gosses ?

— Mademoiselle Caroline, j'y arrive.

Je souris ; j'aime qu'il m'appelle ainsi. Un instant, nos regards s'aimantent. Un coup de klaxon le ramène à la conduite, mais l'électricité entre nous reste palpable.

— Debré voulait moderniser l'île, éduquer les enfants. Il s'est appuyé sur un dispositif existant, le Bumidom, qui organisait l'émigration volontaire d'adultes de l'île. Il imagine envoyer aussi des petits Réunionnais dans des départements ruraux, en voie de désertification, comme le Gard, la Lozère, le Gers, la Creuse. Le but ? Désengorger l'île, vider les bidonvilles et au passage repeupler les campagnes françaises, y injecter du sang neuf. Un coup double, assené sur l'échine des plus faibles.

— Mais enfin, comment des enfants pouvaient-ils repeupler une région ?

— Certains ont réussi, construit leur vie en métropole, fondé une autre famille. Mais c'était aussi affaire de mégalomanie nationale, de grandeur de la France. Mortifié par la décadence de son pays, Debré rêvait de le voir atteindre cent millions d'habitants. Et comme beaucoup de dirigeants à l'époque, l'opinion publique suivait, pensant agir pour le bien des enfants, en les sauvant, disait-on, de parents incapables, déficients. Les éloigner semblait justifié.

Sully allume la radio, et le succès de Lenny Kravitz « I Belong to You » s'invite sur les ondes.

— Tu aimes le reggae ?

Sa faculté à changer de conversation en une seconde me sidère.

— Heu, oui. Mais je n'y connais pas grand-chose. À part Bob Marley.

— Chez nous, on a le seggae, un mix de reggae et de sega, la musique locale. On ajoute des paroles créoles, des instruments d'ici, c'est chouette.

— J'aimerais bien l'entendre, ton reggae *made in La Réunion.*

— Eh bien, pourquoi pas ce soir ? Baster, un groupe super populaire, joue. Tu devrais apprécier.

Je ne balance guère entre la torpeur de ma chambre et l'occasion de découvrir l'île en musique. Sans compter l'entêtante présence de Sully. Notre rencontre matinale au café me semble déjà loin, j'ai l'impression de le connaître depuis longtemps. Je me sens en confiance, et pour moi, d'habitude si farouche avec les garçons, il s'agit d'une nouveauté.

— Je passe te prendre à vingt heures. *Nou artrouv*[1].

Arrivé devant la maison d'hôte, Sully agite les bras en apercevant Ludivine.

— *Bonzour, koman i lé ?*

À ma grande surprise, ma logeuse hausse les épaules et se retourne, l'air outragé.

— Vous le connaissez ? Je viens de le rencontrer, il est journaliste.

— Ah oui ! Avec lui, attention au *ladi la fé*[2].

---

1. À tout à l'heure.
2. « Celui qui l'a dit, celui qui l'a fait », c'est-à-dire les potins.

À quoi ? J'entends « Lady la fée » et songe à la chanson « Lady D'Arbanville », de Cat Stevens, l'une de mes préférées.

— Les commérages, les ragots, quoi…

Elle crache par terre comme pour s'empêcher d'en dire davantage.

Je rentre dans ma chambre, perplexe. Quelles rumeurs traînent dans le sillage de Sully ? Je compulse à nouveau mes notes, relis ce nom si clair, si doux, « Pauline Rivière », qui s'accorde aux prénoms archaïques et réconfortants de mes grands-parents insulaires, Jeanne et Carélien. Comment réagira ma mère quand elle l'apprendra ? La vérité l'apaisera-t-elle ou avivera-t-elle ses blessures ? Ai-je le droit de fouiller ainsi dans son passé si déstabilisant ? Tant de questions, si peu de réponses. À l'heure dite, mon cavalier m'attend dehors. Chemise blanche, l'air espiègle, il rayonne et siffle à mon apparition.

— Tu es superbe !

— Merci, tu n'es pas mal non plus.

Nous nous dirigeons vers le nord de Saint-Denis, au Barachois, une sorte de mini-promenade des Anglais. Sur la digue, indifférents aux familles en goguette, les amoureux s'adossent aux vieux canons pointés vers le large pour se bécoter et jouir du bleu insensé de la mer. Bière à la main, des jeunes friment sur des scooters ou s'agglutinent près des camions-bars enveloppés de fumets appétissants.

— Tu as faim ? Un pain bouchon, ça te tente ?

Deux sandwichs aux bouchées de viande parsemées de fromage râpé se matérialisent par magie. Nous nous asseyons pour mordre dedans.

Sully m'apprend qu'il n'a pu entreprendre d'études, faute d'argent. Mais à dix ans, il rédigeait déjà un journal pour les habitants de sa ville, Le Port. En période de cyclone, il interviewait ses voisins pour recueillir leurs réactions.

— Le Port est un fief communiste. J'ai couvert toutes les manifestations, toutes les grèves. Et puis, à dix-neuf ans, me voilà parti à Mayotte. Progressivement, j'ai vu les Comoriens devenir des immigrés, des étrangers, des gens à enfermer. Ceux qui se sont noyés en affrontant la mer dans des *kwassa kwassa*, ces longues barques à moteur, me hantent encore… J'ai tout enregistré, les femmes de l'archipel venant accoucher sur l'île, les clandestins confinés dans des centres administratifs aux allures de bagnes, les expulsions de mineurs, les bidonvilles à la merci de la première tempête tropicale. La misère de la France du bout du monde… Mon reportage a plu, j'ai débuté à la radio ainsi.

Je ne sais rien, moi, de cette région, je viens du Massif central, si vert, si doux, si innocent. Outre l'océan, un fossé nous sépare : j'ai dix ans de moins que lui, j'ignore tout de sa vie, de son histoire. Il passe sa main dans ses boucles, ses yeux noirs brillent, éclaboussant son regard.

— Bon, fini pour aujourd'hui, les tragédies. Viens admirer le coucher du soleil ! On se déplace dans toute l'île pour le contempler ici.

On dirait en effet un anneau d'or prêt à se noyer dans la mer.

En chemin, Sully pointe du doigt la statue de l'aviateur Roland Garros, les vacoas, ces arbres en forme de palmier, les gais « pailles-en-queue », ces oiseaux blancs, emblèmes locaux, en habit de lumière immaculé.

Mes yeux reviennent sans cesse à la mer, à son bouclier d'airain, à la nuit violine qui s'enhardit. Bientôt, la foule et la musique nous cernent. Sully serre des mains, embrasse des gens, blague avec d'autres, tandis que sur scène le chanteur feule d'une voix rauque.

— C'est du « maloya reggae », le blues issu de l'esclavage, me glisse Sully. Un chant de résistance interdit jusqu'en 1982 : l'État y voyait un appel à l'indépendance.

Autour de nous, des filles en short et débardeur ondulent dans des effluves d'alcool et d'after-shave. Les chansons parlent toutes de terres perdues, de fureur de vivre et de mauvais sorts.

Au comptoir, dans un clin d'œil au barman, Sully commande deux « Fournaises ». Je dois me rapprocher pour lui parler, la musique semble battre directement dans nos cœurs, la sono fait vibrer le sol.

— Du rhum Isautier, du champagne, de l'orange. Aussi fort que notre volcan !

Euphoriques, nous enchaînons avec d'autres cocktails d'appellations pittoresques : le Baiser tropical, le Mélissé, l'Entre-Deux, le Piton des neiges. Et nous dansons, ou plutôt Sully me fait tournoyer sous les lampions. Je m'accroche à ses bras luisants de sueur, prise de vertige dans la moiteur étouffante.

— Le rhum Charrette, ça cogne, tu sais.

Il effleure mes cheveux, caresse mon cou. Jamais un homme ne m'a touchée avec cette ferveur, cette grâce. Mes amourettes se résumaient à des flirts éphémères, trop sages ou maladroits. Avec Sully, je m'abandonne, enfin. J'effleure ses paupières de soie, sa bouche mouillée d'un sourire. Notre baiser ressemble à un frôlement, à des pétales de fleur s'entrelaçant. Dans la nuit qui nous recouvre, tout semble s'accorder : nos lèvres, notre respiration rauque et étouffée, nos mains jointes. Mais l'instant est fugace et, à ma grande honte, prise de nausées, je dois m'éloigner, trouver un bosquet. Galamment, Sully me tient les cheveux, en silence.

— Je vais te raccompagner, ne t'inquiète pas.

Après m'avoir glissé son numéro de fixe, le voilà qui s'éloigne.

— Dors bien, petite zoreille, je t'appelle.

Monter les quelques marches est une gageure, je manque d'écraser l'un de ces lézards transparents que ma logeuse nomme « margouillats ». Son clic-clic-clic réprobateur me poursuit jusque dans mon sommeil.

Le lendemain, au petit déjeuner, je raconte mes recherches à Ludivine. Elle délaisse un instant son assortiment de litchis et m'apporte un annuaire.

— *Té la famille, lé sacré !*

Pour une fois, pas besoin de traduction. C'est bien ce que je pensais : on compte une centaine de Rivière et des dizaines de Potin répertoriés dans l'île. Il est temps de se mettre au travail, d'inventorier le périmètre du Tampon. Au téléphone, j'égrène les noms de mon grand-père, de ma grand-mère. Parfois on me raccroche carrément au nez, sans doute à cause de mon accent. Difficile de saisir les réponses à l'autre bout du fil. Les trilles, les envolées syllabiques du créole m'échappent totalement. Des gens m'aiguillent sur de fausses pistes, ponctuent mes demandes d'« *Allô, kissa i lé, mi konpran pa ?* ». Peut-être aurai-je plus de chance ce soir, lorsque la majorité des habitants rentrera du travail. En attendant, je m'offre une visite de la capitale.

À part les maisons créoles nichées au creux de massifs aux couleurs acidulées, on croirait que les confessions du monde entier se sont donné rendez-vous dans quelques rues : ici un temple tamoul, là une pagode, plus loin une mosquée et une cathédrale. Soudain, en quelques secondes, le ciel s'habille de gris, des gouttes crépitent sur le sol, suivies d'un éclair aveuglant qui donne le signal à l'assaut diluvien, un rideau de pluie, un tissu serré, presque solide d'eau fraîche. Ahurie, j'éclate de rire au moment où rues et trottoirs disparaissent sous ce déluge. Dans le jardin de l'État, le parc de la ville, les trombes déferlent sur les allées, criblent la végétation, envahissent et pillent le moindre espace, mais la terre assoiffée, tout à coup brunie et revivifiée par les cataractes, semble les remercier. En une minute, me voilà trempée et à moitié nue à cause de ma robe collante.

Soudain, une main s'abat sur moi, me tire dans un minuscule local. Un instant, je repense au film qui a bouleversé ma mère, à ses notes, à cette main qui soulevait l'enfant de terre.

— Venez donc vous abriter ! On n'a pas idée de rester ainsi sous la pluie.

Le ton amène, le visage inoffensif et bigarré du « bazardier » me rassurent. Il ressemble à sa boutique envahie d'étoffes étincelantes, de coquillages nacrés, de bracelets de pacotille.

— Je n'ai rien vu arriver, il faisait si beau…

— Oui, c'est ainsi chez nous, s'amuse le commerçant, en me tendant un rouleau de papier hygiénique pour m'essuyer.

Le temps de lui acheter une boîte de thé à la vanille, l'orage est passé. Je me presse de rentrer, dans l'espoir d'un appel de Sully. Ma mère se souvenait-elle de ces orages foudroyants, ou avait-elle vraiment tout oublié ? Soudain, j'ai besoin de l'entendre.

— Bonjour, Caroline. Comment vas-tu ?

Voix rauque, on dirait qu'elle n'a pas parlé depuis longtemps. Ton indifférent, comme si elle ignorait que je me trouvais à La Réunion.

— Bien, Maman…

Je cherche mes mots…

— Quel temps avez-vous là-bas ?

— Très nuageux, chez nous. Et un froid de canard pour la saison, on n'a pas vu ça depuis vingt ans… Chérie, je t'entends mal… Le mieux est que tu me rappelles à un autre moment. À bientôt !

J'ai compris. Je capitule, l'embrasse au-delà des mers, et raccroche. Nous sommes aussi perdues l'une que l'autre.

Le lendemain, aucun signe de Sully. À quoi m'attendais-je ? Je me suis laissé séduire par un dragueur, prêt à fondre sur une touriste naïve. À l'heure qu'il est, il s'est choisi une autre proie. La chaleur due à la colère noue comme un poing dans mon ventre. Mais pas longtemps : je ne suis pas venue pour la bagatelle, du moins je tente de m'en persuader.

Aux Archives régionales, on m'éconduit gentiment au prétexte que je ne suis pas historienne et que je n'ai pas de carte de presse. Je maugrée sur le chemin du retour. Partout ces portes fermées, ces bouches verrouillées, personne ici ne semble vouloir aborder le sujet, ouvrir et faire défiler ces pages si noires. Et si je perdais mon temps et mon argent ? Arrivée devant la maison d'hôte, je le vois soudain, celui que j'attendais sans même le savoir. Adossé à la portière de sa voiture, un sourire énigmatique aux lèvres, il m'évoque un mirage enfanté par le soleil. J'affecte l'indifférence, vite contredite par mon souffle court, ma démarche hésitante. Sûr de sa force, il m'attire à lui d'un geste simple, évident. Je n'ai jamais éprouvé une telle envie de me blottir contre quelqu'un. Dans notre baiser, il y a le soulagement, le désir, le réconfort.

— Et comment va ma princesse ?

— Bien, seulette.

Je déteste ce nouveau ton plaintif qui sort de ma bouche.

— Impossible de te rejoindre ! Je me trouvais à Mafate pour un reportage sur les gens du cirque. Nous sommes très attachés à nos traditions locales, vois-tu. Je t'emmènerai à un spectacle un jour. Tu comprendras.

Ses lèvres butinant mon cou, j'oublie tout. Il m'embrasse longuement, puis se détache, change de sujet, sans transition :

— J'ai une surprise pour toi. Ce soir, tu passes à l'antenne !

— Pardon ?

— Il est temps de secouer le cocotier ! Trente-cinq ans après les faits, j'ai organisé une émission : si on parlait vraiment de ce trafic d'enfants ?

— Mais je… je n'ai aucune compétence en radio.

— Eh bien, tu écouteras, en posant des questions de temps en temps. C'est bien ce qu'on t'apprend dans ton école chic, non ?

L'après-midi passe à toute allure. À dix-huit heures, nous voilà dans le hall de la radio où travaille Sully. À son passage, les réceptionnistes chaloupent de la croupe, lui lancent des œillades. Il aime les femmes, elles le sentent et le lui rendent bien. Les invités se présentent : un homme exilé à Albi dans son enfance, une fonctionnaire de la DDASS à la retraite et un communiste réputé, paraît-il, pour ses coups de gueule. La voix suave de Sully caresse les ondes. Même le micro est amoureux de lui.

— Bonsoir à tous. Ce soir, nous sommes réunis afin d'évoquer un sujet grave, honteux, censuré depuis de longues années. Je veux parler de l'exil forcé de milliers d'enfants de notre île vers la métropole, un exode douloureux pour beaucoup. Pour en savoir plus sur ce scandale des années 1960, restez avec nous…

Le témoin raconte son arrivée à Albi à l'âge de sept ans. « Ce pays sans soleil, sans fleurs, sans mer. » Il parle doucement, cherche ses mots, se souvient de sa solitude, des vêtements qui le grattaient, de l'interdiction de s'exprimer en créole.

— Pourquoi moi ? conclut-il. On ne m'a jamais demandé mon avis.

Le standard croule sous les messages. Des auditeurs éructent d'indignation, d'autres parlent de « déportation », de « nouvelle traite », d'« administration négrière »…

— Pourquoi cette histoire ne sort-elle que maintenant ? s'enquiert une femme en pleurs à l'antenne.

— Tout a été prévu pour dissimuler la vérité, tonne l'élu communiste. En 1963, elle n'intéressait personne. Seuls le PC et son journal, *Témoignages*, sont montés au front. Les élites, l'Église, l'armée, les maires, les assistantes sociales sont coupables de fait, de complicité ou de silence. Tout le monde a eu honte d'avoir peu ou prou participé à cette histoire. D'où la violence d'un refoulement collectif dont on sort à peine.

Sully me fait signe de poser une question. Je me lance, le cœur battant :

— Qui étaient les familles touchées ?

— Vous n'avez pas idée de la pauvreté de certains foyers, explique doctement la fonctionnaire. Le manque d'hygiène, la violence, l'alcoolisme... La Réunion comptait parmi les régions les plus démunies du globe. Les mineurs sélectionnés pour le départ ont globalement eu de la chance.

— Que voulez-vous dire ?

Ma voix dans le casque me paraît bizarre, comme chuintée.

— La plupart ont été scolarisés, certains ont passé des diplômes et bien réussi dans la vie. Finalement, on peut juger leur sort plus enviable que celui de chômeur ou de pêcheur sur l'île...

L'analyse consterne l'ancien exilé à Albi.

— Pas d'accord ! Si c'était pour devenir manœuvre, comme je l'ai été toute ma vie, autant vivre chez moi !

L'homme politique lui coupe la parole :

— En vérité, ces gosses ont été les cobayes d'une expérience démographique typique d'une situation postcoloniale ! Imaginez l'inverse : des petits Bretons ou Normands expédiés dans un département d'outre-mer ?... Impensable !

En professionnel consciencieux, Sully arbitre, met en lumière les uns et les autres, fait résonner les voix outragées au standard.

On en apprend aussi sur les suites de l'histoire, le retour des enfants dans leur région native.

— J'ai pu rentrer sur mon île, explique l'ancien enfant d'Albi, mais une partie de ma famille m'a snobé. On pensait que je revenais pour des questions d'héritage, des histoires de lopins de terre. J'avais seulement besoin de savoir qui j'étais. Un zoreille mal blanchi ? Un enfant du pays ? J'étais perdu.

— Certains enfants n'ont jamais revu La Réunion, fulmine le communiste. D'autres sont devenus clochards, alcooliques. On compte beaucoup d'instabilité, de divorces, de dépressions, de suicides. C'est un scandale d'État, une affaire humaine désastreuse.

Obligé de rendre l'antenne, Sully m'adresse un signe.

— Caroline, vous avez, je crois, un message personnel à faire passer…

J'affermis ma voix, qui monte dans les aigus.

— Oui, je recherche des membres de la famille Rivière et de la famille Potin, vivant probablement du côté du Tampon. Ma mère, Pauline, fille de Jeanne et Carélien Rivière, a été exilée de force dans les années 1960. Si une personne dispose de renseignements sur les Rivière en question, je lui demande d'appeler la radio, qui me transmettra son message.

Mon « merci » se perd dans le générique de l'émission. Le temps a passé trop vite. Je suis en nage, comme les autres participants. Chose étonnante, après s'être opposés à l'antenne, ils plaisantent, se congratulent, comme soulagés de s'être délestés du poids de ce drame. La chemise largement échancrée, Sully rassemble fébrilement ses dossiers.

— Allez, je vous emmène manger un morceau ! C'est juste en face.

Je dissimule ma déception, mon désir de dîner seule avec lui. Au restaurant, Sully embrasse les serveuses sans vraiment chercher à cacher qu'il les trouve appétissantes. Côté petites attentions, il me commande des « bonbons piments ».

— Des beignets aux pois secs et aux piments. Tu ne risques pas d'en croquer en métropole. Attention les yeux !

Les épices me font pleurer et les autres rient aux larmes. La soirée traîne, s'étire sans le secours de cocktails euphorisants. Échaudée par le malaise de la veille, je me limite à l'eau Edena. Au moment de régler l'addition, Sully me glisse enfin :

— Et si on rentrait tous les deux aux Flamboyants ?

Il y a des approches plus subtiles, mais au moins la sienne est franche, loyale. Sully n'est pas homme à transiger avec ses appétits. Aveuglée par son regard, déroutée par son corps pressant le mien, j'acquiesce. Nous avançons en silence dans la nuit perforée par la lune, montons furtivement les marches de la ville comme des collégiens inquiets d'être pris en faute. Dans l'obscurité, ma robe tombe, ses doigts découvrent mon buste. La masse de ses cheveux, qui semblent posséder une vie propre, m'attire. Son désir aiguillonne le mien, on s'embrasse, s'enchevêtre, où commence l'un, où finit l'autre ? Cette vigueur, cette attention, cette souplesse me sont inconnues. Ses muscles se délient enfin, on dirait un animal fourbu, reconnaissant, après l'assaut. Je m'enroule autour de lui, m'endors cueillie par un songe où se mêlent enfants de toutes les couleurs, voix radiophoniques et savantes caresses.

Au matin, le lit ressemble à une scène de combat désertée. Soif terrible, bouche en papier de verre. J'aurais aimé me réveiller à ses côtés, il doit sans doute travailler. D'instinct, je sais aussi que Sully n'est pas le genre à rester après l'amour. D'une certaine façon, c'est inutile puisque je sens encore ses mains redessinant mon ventre, mes hanches, mes seins. Ludivine m'apporte un message d'une inconnue qui a entendu l'émission et me donne rendez-vous à la Villa Angélique, rue de Paris, aujourd'hui à seize heures. L'inconnue me demande de ne pas la rappeler, elle travaille au bloc. Qui est cette personne et de quel « bloc » veut-elle parler ? Je me poste sous un arbre à la terrasse d'un café rue de Paris avec une demi-heure d'avance. Derrière ses persiennes, la Villa Angélique, avec ses murs blancs finement décorés, s'élève au milieu d'un jardin minuscule et touffu. Autour de moi, les touristes mitraillent la « façade écran » et la végétation insolente grimpant à l'assaut des murs.

— Bonjour, Caroline !

Le souffle de l'adresse pétulante manque de renverser mon jus de goyave. La voix appartient à une jolie femme dans la quarantaine, à la peau café au lait et aux cheveux flottant sur les épaules.

— Je suis Laëtitia Rivière, la femme de Michel, le frère cadet de ta maman. Ta tante, quoi !

Je me pincerais presque à cette apparition. Devant moi, souriant de toutes ses dents, se tient une parente de ma mère, un membre de ma famille. Ma « tante »... La femme de mon « oncle Michel » ! Je ne retire pas ma main, qu'elle a prise dans la sienne.

— Tu as connu ma mère ?

— Ah non ! Je suis originaire de l'île Maurice, issue d'une vieille famille de Pamplemousse. Michel et moi, nous nous sommes mariés il y a dix ans. Venu en touriste sur l'île, il est reparti avec une femme ! Je travaille comme infirmière au bloc chirurgical de l'hôpital Félix-Guyon.

Elle commande un café. Le stock d'amabilités épuisé, nous nous dévisageons longuement, avant qu'elle brise le silence.

— Insensée, cette histoire d'exil... Comment est-ce possible au XXe siècle ?

Je vide nerveusement mon verre avant de poser la question qui me brûle les lèvres :

— Existe-t-il encore des Rivière ?

— Ta mémé est morte il y a longtemps. Un jour, on l'a trouvée inanimée dans sa case. Une crise d'asthme, je crois. Mais ton pépé, lui, est bien vivant. Et tes oncles aussi, bien sûr !

Un grand-père, une tante, des oncles, des cousins… Une vraie famille, un clan presque. Un arbre généalogique auquel s'accrocher. Mais tout cela reste bien abstrait…

— Allons-y ! Tu peux m'emmener ?

Elle éclate de rire.

— Laisse-moi au moins finir mon café et profiter un peu de ma nouvelle nièce.

Difficile de résister au charme de cette porcelaine de Saxe version créole, survoltée, curieuse de tout, du climat de Limoges, des rues de Paris comme de cette famille métropolitaine qu'elle découvre sur les photos que j'étale sur la table. Sa conversation dévie sans cesse, des problèmes de couverture sociale de ses patients au racisme antimauricien dont elle a souffert avant son mariage. Contrairement aux propos de contes de fées des guides touristiques, l'île n'est pas tendre envers les nouveaux arrivants. Mais au bout d'un quart d'heure, voyant que je ne tiens plus en place, elle bondit de sa chaise.

— Bon, on y va, l'impatiente !

Assortie à sa propriétaire, la petite voiture orange semble sortir de la station de lavage.

— Direction la plaine des Cafres ! lance-t-elle en démarrant. Je te préviens, ce n'est pas tout près.

Après neuf mille kilomètres, un petit supplément ne me fait pas peur, pour savoir, enfin. Nous suivons la route du littoral, ourlée de falaises et d'à-pics écumants, bifurquons à Saint-Pierre et traversons la tranquille agglomération du Tampon. La conduite sportive de Laëtitia s'accorde à son débit de mitraillette ; entre deux coups de klaxon, elle précise que Michel, son mari, dirige une entreprise de bâtiment avec son frère, Joseph. J'appréhende de les rencontrer tous en même temps. Surtout mon grand-père, ce père d'ombres, ce témoin essentiel qui a veillé sur les premières années de ma mère. Ce qu'il pourrait m'apprendre de la tragédie familiale m'agite d'un maelström d'émotions contradictoires. Que me révélera-t-il et que sera-t-il pour moi ?

J'ouvre ma fenêtre sur un paysage odorant de champs de cannes à sucre, bruité par le cliquetis des épis battus par le vent. Un peu plus loin, une forêt raide et coupante semble nous saluer. Je repense à cet « or vert » aujourd'hui dévalué et aux propos de Sully sur les marrons fuyant l'esclavage. Qui dira leur labeur harassant, la douleur des dos courbés sous la brûlure du soleil, l'angoisse d'être vendu, séparé des siens ? Comme si elle avait deviné mes pensées, Laëtitia se lance dans un exposé sur la plaine des Cafres.

— Ici, en dehors des géraniums, il ne pousse que des cannes et de la misère. Les cafres descendent en partie des esclaves noirs venus d'Afrique, enchaînés sur des pirogues… Leur seul espoir était de réussir à s'échapper en déjouant la surveillance d'un garde distrait.

Enfin, nous nous arrêtons sur un petit chemin caillouteux au fin fond d'une ravine. Laëtitia se tourne vers moi.

— Le pépé ne parle pas beaucoup. Ne t'attends pas à de grands discours de bienvenue…

— Ça ira. Je ne suis pas venue pour ça.

En vérité, j'ai peur de ce grand-père tombé du ciel.

— Laisse-moi cinq minutes, je vais lui expliquer.

Je la suis du regard. De loin, aveuglée par le soleil jouant avec les nuages, j'entrevois une cour encombrée d'objets hétéroclites, une ébauche de case, des bataillons de poussins dans la cour, un chien blanc assoupi sous un auvent. Voilà où ma mère a passé ses premières années, son berceau en quelque sorte. Vertige de penser que ma vie aurait pu se dérouler dans ce décor...

Déjà de retour, ma tante ouvre la portière.

— Prête ?

— Ça ira...

Je m'approche. À ma vue, un vieil homme posé sur une chaise en paille se met à trembler, pousse un grand cri en essayant de se lever.

— Oh, Gramoune[1], avertit Laëtitia, attention à ne pas faire une attaque !

Ses jambes maigres me fendent le cœur, sa voix tremble :

— *Zordi*[2] est un grand jour. Le plus beau ! Viens que je te voie mieux.

Curieuse sensation qui s'agrippe à mon plexus, migre vers ma gorge, noue ma langue. Pour l'instant, que dire de plus qu'un banal « bonjour » ? Nous nous regardons intensément pendant un long moment. Cet homme devant moi est mon grand-père ! Je cherche des traits, des airs de ressemblance avec ma mère, mon frère, mon propre visage. À première vue, ce n'est pas évident, mais je suis trop troublée pour me lancer dans une étude de physionomie génétique.

1. Grand-père.
2. Aujourd'hui.

Il se lève soudain et d'un pas lent, claudiquant, se dirige vers sa maison. Je m'apprête à le suivre quand il se retourne, l'air malicieux et se grattant énergiquement l'oreille :

— *Rant aou, anbarass pas*[1] *!*

Je souris nerveusement à la pensée de mon grand-père paternel, si différent, portant la cravate même le week-end, implacable sur les bonnes manières. Tout proche désormais, cet aïeul insulaire reste si loin de nous. L'intérieur de la case, modeste, presque misérable, accentue cette sensation d'étrangeté. Quelques meubles sans âge et dépareillés, une table couverte d'une nappe en plastique, des ampoules électriques aux fils épissés de toiles d'araignée. Le seul luxe s'est réfugié dans une imposante télévision sur laquelle trônent des photos de famille. Laëtitia pointe du doigt son mari, Michel, son frère, Joseph, leurs enfants. Puis elle réchauffe du café sur une gazinière d'un autre âge.

— On lui a conseillé cent fois de changer pour une cuisinière plus moderne. Penses-tu !

Assise, j'en profite pour l'observer : soixante-dix, soixante-quinze ans, une peau parcheminée, des joues creusées, sillonnées de rides, mangées d'un poil du même gris que sa chevelure rase et tonsurée. Lui aussi me dévisage, l'air crâne, en se roulant une cigarette.

— Tu es belle, ma fille.

Il se penche, m'effleure tendrement le visage d'une main veinée et calleuse, aux phalanges déformées par le labeur. Il semble vouloir me reconnaître,

1. Rentre, mets-toi à l'aise !

apprivoiser mes traits. Je ferme les yeux, songeant à ces années d'absence, aux souvenirs que nous aurions pu partager. Un rayon de soleil s'invite dans la pièce. Dehors, on entend, atténués, le chant des coqs, les aboiements des chiens. L'instant est doux, suspendu, hors du temps. Puis très vite, comme s'il fallait habiller le silence, la conversation s'engage sur mes études, l'économie de l'île, la situation politique en France, car le vieil homme suit les informations avec passion. Quel étrange débat, si loin du sort de Maman et des véritables raisons de ma venue ici ! Il se comporte comme s'il n'avait jamais eu d'enfants. A-t-il souffert de la perte de sa fille, s'est-il accommodé de son absence ? Comment devenir la petite-fille de cet homme qui en sait si peu sur moi ? Je diffère toutes ces questions, tentant de profiter de l'instant.

À un moment, ses paupières clignotent, il se lève pesamment, s'éclipse en silence.

— Il va dormir un peu, chuchote Laëtitia.

Restée seule avec ma tante, j'en profite pour inspecter les lieux, explorer l'univers de cet homme pour le restituer à ma famille à Limoges. Une minuscule cuisine où s'alignent des bouteilles de bière Dodo, un petit salon faisant salle à manger, derrière cette porte des ronflements, la chambre de mon grand-père sûrement. Dans la cour, les plantes, geysers de vert ébouriffés, gorgées de suc, ivres de soleil. La vie s'écoule, indifférente à la gravité de l'instant. À quoi m'attendais-je ? À un accueil grandiose, à des effusions mélodramatiques ? À aucun moment, depuis mon arrivée, le vieil homme ne s'est inquiété du sort de sa fille, ma mère. Et comment Michel et Joseph ont-ils pu rester sur l'île ?

Réveillé une heure plus tard, alerte et guilleret, il évoque ses petites joies et misères quotidiennes, la rivalité sympathique des candidats de son émission favorite, « Questions pour un champion », celle plus envahissante de ses voisins, sans oublier ses varices douloureuses. Je me laisse bercer par sa présence et ses propos anodins, étrangement à ma place dans cet endroit si isolé. Gagnée par une sorte de sérénité, j'ai l'impression de retrouver sinon un membre de ma famille, du moins une personne à qui je pourrais confier rêves et tourments, même si nous éludons pour l'instant les questions cruciales. À la réflexion, c'est mieux ainsi, moins violent. Je préfère différer le récit de cette incroyable rencontre.

Il m'a fallu rentrer. Mais je suis revenue au Tampon le lendemain. Vite encerclée par une bande de gamins hilares, mes cousins. Des petits courant après les poussins ou tirant sur ma jupe, les grands s'entre-tuant pour un ballon. Dans la cour, il y a aussi des voisins curieux, chuchotant en musique créole. Je guette l'arrivée de mes oncles, Michel et Joseph. Bientôt, ils se précipitent, m'embrassent avec vigueur. Tous deux taillés du même bois, musculeux, avenants, regard franc, ils me font d'emblée bonne impression, mais, là encore, ils n'ont pas un mot pour leur sœur, ma mère. Ils semblent plus jeunes qu'elle, peut-être ignorent-ils son existence ou l'ont-ils apprise avec ma venue. Le secret perdure, enfle, occupe tout l'espace, m'étouffant dans sa gangue.

— Alors, c'est toi la zoreille perdue ? Bienvenue dans notre famille !

On me fait goûter du cari-poulet, toutes sortes d'accompagnements et de fruits en salade. Les enfants se disputent des beignets baptisés « bonbons miel ». On n'aborde pas le passé, cet éléphant dans la pièce. Réfugiée un moment dans la chambre de mon grand-père pour me reposer, j'y découvre une photo que je devine être celle de ma grand-mère, Jeanne, une femme au turban gris, au regard intense, mais l'air las, déjà vaincue par la maladie, comme recouverte d'une pellicule de tristesse. J'ai envie de la serrer dans mes bras, de lui parler. L'impression d'être une poupée russe nichée en elle. Même si le moule est cassé.

Le soir, avant le départ, mon grand-père me dévoile solennellement son trésor. Le bois qu'il travaille inlassablement en artiste au couteau, des figurines, des poussins, des cœurs. Sans mots, il presse dans mes mains un dauphin sautant dans les flots. C'est son premier cadeau, et je le remercie d'un sourire.

Au retour, un message de Sully délivré par une Ludivine, excédée. Il me demande de lui téléphoner, ce que je fais illico.

— J'ai une surprise pour toi.

J'ai envie de lui faire payer son silence, mais comment résister au velours de sa voix et à la perspective de nouvelles découvertes ?

— Où étais-tu ?

— Occupé, tu sais.

Inutile de jouer à ce petit jeu-là.

— On continue à se bouger ! crie-t-il presque. Je passe te prendre dans une demi-heure.

Je me maquille, tente de dompter mes cheveux affolés par l'humidité. Sully surgit en me tendant un casque de moto. J'éclate de rire : toute ma stratégie capillaire est ruinée en une minute.

— Alors, dis-moi, on va où ?

— Au conseil général.

— Mais j'y suis déjà allée ! Et je n'ai pas obtenu grand-chose.

— Attends de voir comme les bouches vont se délier quand on débarquera avec un reporter télé.

— Incroyable, comment y es-tu arrivé ?

— Je suis journaliste, ou pas ?

Je lui décoche mon plus beau sourire, m'amarre à son dos sur le scooter, le vent nous lie.

— Allez, on se dépêche !

Sur le trajet, enfouie dans ses boucles drues, je lui crie dans l'oreille mes dernières découvertes. Le désir ne me quitte pas. Mes seins se font lourds contre lui, mes cuisses l'enserrent. À l'arrivée, un type taciturne nous attend, une caméra à la main. Sully me tient par le bras et une onde de bonheur m'envahit. Heureuse de sa présence, de la découverte d'un grand-père tombé d'un ciel d'orage. Si Maman me voyait ! La même fonctionnaire nous rejoint, affichant cette fois un tailleur bleu marine et de nouvelles dispositions à mon égard.

— Quel plaisir de vous revoir si vite, mademoiselle Estivais !

Sa voix perchée, artificielle, sa tartine de maquillage… Je ne peux m'empêcher de recadrer la pimbêche qui vampe la caméra.

— J'espère que ce ne sera pas pour rien, cette fois.

Entre ses doigts bagués, le même dossier trop mince.

— J'ai peut-être été un peu rapide l'autre jour, minaude-t-elle. Voilà un autre document.

Elle brandit le papier dont elle avait blanchi des passages avec les noms et adresses de mes oncles, Michel et Joseph. Rien de nouveau, je les ai dénichés toute seule.

— Et nous avons aussi retrouvé un pli, classé dans un autre dossier.

Je m'empare du papier jauni, une autorisation de sortie datant de 1963 signée par l'un de mes grands-parents. Enfin, « signé » est un grand mot : un simple pouce trempé dans l'encre conclut l'accord.

— Il y a beaucoup de pouces, de croix, sur les documents officiels, précise Sully. Les parents illettrés ne savaient pas écrire leur nom. Parfois, des fonctionnaires ont signé à leur place…

L'agente de l'État pique un fard.

Je lis :

— « Je, soussigné, Carélien Rivière, autorise Pauline et Clémence Rivière, habitant au vingt-septième kilomètre, plaine des Cafres, à se rendre en métropole et à y séjourner. »

Je cligne des yeux stupidement ; les deux noms tapés soigneusement par l'Administration ne disparaissent pas.

— Qui est Clémence Rivière ? demande Sully.

La question tourne aussi dans ma tête. Une autre sœur Rivière, une cousine, une parente ?

Satisfaite de son effet, la fonctionnaire me souhaite bonne chance dans mes recherches et me glisse une enveloppe sur le pas de la porte. La photocopie de l'autorisation sans doute. Un dernier sourire à la caméra et la vamp administrative s'éclipse.

— Tu as vu comment les portes se sont ouvertes ! se félicite Sully. Les gens se damneraient pour passer à la télé !

Je l'écoute à peine, stupéfaite. Pourquoi Maman n'a-t-elle jamais parlé de cette sœur ou cousine ? Et où se trouve Clémence aujourd'hui ?

— Hou là là, ça cogite, là-dedans. Je t'emmène te baigner au cap Requin.

Je m'apprête à protester, je voudrais revoir mon grand-père tout de suite, mais l'attrait d'une baignade en sa compagnie, des plages bordées de tamarins, du sable dans mes cheveux, est irrésistible.

Située à l'entrée de Boucan Canot, protégée par une barrière de corail, la plage est déserte. On n'entend que le crépitement de l'écume, la langue houleuse des vagues, la musique du vent.

— Pas de requins ? Ni de danger, malgré le nom ?

— Pas le moindre aileron. Rassure-toi.

Sully se déshabille, court vers l'océan, comme s'il répondait à l'appel du large. Depuis un début d'hydrocution en cours de natation au collège, l'eau m'impressionne, contrairement à ma mère, une vraie sirène. Je foule doucement le lit d'écume tandis que Sully nage vers l'horizon, son corps luisant tel un métal au soleil. Puis il revient vers moi comme un squale, auréolé d'une armure de gouttelettes étincelantes, s'amuse à me tirer par les jambes, à m'enlacer, en me décrivant les ravissants poissons bleu vif qui nous entourent, ces « demoiselles » qui s'écartent à peine à notre passage, sinuant entre les « bénitiers », d'énormes coquillages ventrus, tout aussi indifférents. Je me confie à l'odeur térébrante du large, à la tiédeur des vagues, à ses caresses ultramarines. Nous titubons enlacés jusqu'à la plage, tombons allongés derrière un massif à l'abri des regards. J'écoute la mer masser le sable et je me retrouve nue. Sa peau qui sent le sel m'aimante, son ventre durci attire mes baisers.

— « Tu poses doucement ton corps sur une natte où tes rêves flottants sont pleins de colibris et toujours comme toi gracieux et fleuris. »

Décidément, ce garçon a le don de m'étonner.

— C'est de toi ?

— Non, de quelqu'un nommé Baudelaire. *À une Malabaraise*, ça te dit quelque chose ?

— Rien du tout.

— Baudelaire a séjourné sur notre île en charmante compagnie d'une descendante indienne… « Et quand descend le soir au manteau d'écarlate / Tes grands yeux de velours sont plus noirs que ta chair ! » C'est beau, non ?

Ce dernier vers semble écrit pour lui.

— Par contre, aucun colibri à La Réunion, j'en ai peur ! Le poète s'est trompé.

J'éclate de rire ; cet homme m'enchante. Je n'ose lui poser des questions, aborder l'avenir. C'est lui, entre deux baisers, qui me confie :

— Je vais sans doute venir en métropole pour passer des entretiens à Paris. J'aimerais bien me frotter à plus grand que mon île.

— C'est formidable. On pourra se retrouver le week-end. Je te ferai découvrir les charmes discrets du Massif central.

Silence. Je lève la tête, étonnée par son mutisme soudain.

— Caroline…

Ça commence mal… J'ai envie de me boucher les oreilles. Il prend son temps.

— C'est que… J'ai une *tantine*[1] ici… Une amie. Elle démissionnera pour me suivre si je trouve un poste là-bas.

En quelques secondes, je m'habille à moitié, attrape mes affaires.

— Attends, laisse-moi t'expliquer.

— Ça me paraît très clair.

Je me retrouve sur la route, hagarde, noyée dans mon chagrin.

Comment n'ai-je pas deviné qu'un type comme lui avait forcément quelqu'un ? Ses dérobades, son départ à l'aube… Tous les signes d'une double vie clignotaient chez ce séducteur des tropiques. Je m'en veux de n'avoir rien compris, rien deviné, aveuglée par sa stature d'Apollon, son sourire enjôleur, l'intérêt qu'il portait à mon histoire familiale. Dans ma tête, le cyclone : tout se mélange, sa trahison, les révélations successives, ce grand-père et cette tante sortis de nulle part. Soudain, la maison familiale me manque, l'odeur de soupe du dimanche soir, le canapé où l'on se love à quatre, ma chambre d'enfant. J'avance comme un automate, les yeux vitreux, furieuse d'avoir confondu la naissance d'une passion

1. Fiancée.

avec un flirt exotique. Après une heure de marche sous un soleil brûlant, je me résous à faire du stop. Par chance, une camionnette blanche freine dans un nuage de poussière. Le conducteur a prévu une halte pour livrer des boîtes de conserve dans la banlieue de Saint-Denis. Une zone apocalyptique, terrain vague jonché de canettes et de buissons étiques, masures de guingois ou démolies, stands de pacotille laids et sombres. Quelle différence avec mes premières impressions de l'île ! Le vent étrille des palmiers asphyxiés dans des venelles grêlées de nids-de-poule. Assis sur des marches, des jeunes désœuvrés fument, l'air bougon. Le paysage s'accorde à mon humeur, la rage mêlée à une sensation de chute, de perte. J'ignore la demande de Ludivine. Pas question de dîner ensemble. Je ne veux voir personne. Qu'ils aillent tous au diable !

Le lendemain, ma logeuse m'attrape par le bras.

— Oh là là, quelle mine ! Des ennuis ? Le beau journaliste ?

Je n'ai pas la force de nier.

— C'est un coureur, le garçon. Il en a fait pleurer, des filles ! Demande à ma filleule.

Dans la voiture que j'ai louée pour retourner chez mon grand-père, je me jure de ne plus fulminer contre Sully, de le bannir de mon esprit, d'une existence qui me réserve assez de surprises et de mystères sans lui. Pas un jour sans une découverte, un accès de colère, de compassion. Justement, aujourd'hui est ma dernière journée sur l'île, je ne sais quand je reviendrai, et j'entends la consacrer au vieil homme qui m'est devenu si cher.

Je le trouve en train d'étendre du linge dans sa cour et lui propose mon aide. Les vapeurs de la lessive, l'odeur du propre m'ont toujours apaisée. Chemises et caleçons d'un autre temps, pantalons élimés par les années s'étirent au soleil, se muent en gentils épouvantails qui n'effraient ni les poules ni les oiseaux. Le ballet des pinces à linge glissant sur le fil me rappelle les saynètes jouées avec Sébastien chez mes grands-parents paternels. Mon grand-père jette un œil au véhicule de location.

— Belle auto, ma fille… On ne voit plus que des voitures maintenant dans le coin, avec des scooters. Dans le temps, il pouvait se passer des semaines sans que l'on entende le bruit d'un moteur…

J'en profite. Les occasions de savoir ne sont pas si nombreuses…

— Te souviens-tu d'une camionnette rouge qui écumait la région au début des années 1960 ?

Est-ce ma question ou l'effort de soulever le panier de linge ? Il suffoque, tousse, demande à s'asseoir. Nous entrons dans la maison. Je lui lis le journal, la radio en sourdine. À un moment, je crois entendre Sully chanter sur un rythme de « maloya reggae » le morceau qui passait le soir de notre premier baiser. Il me poursuit, même ici. Cet homme est entré en moi comme une vague.

— Dis-moi, pépé, est-ce que Grand-mère savait lire ?

— *Kossa ou di*[1] ? Non, évidemment. Avec la marmaille, elle n'en a pas eu le temps. Mais ensuite, nous avons appris tous les deux, grâce à un livre de

1. Que veux-tu dire ?

l'école. Et j'étais plutôt bon. Aujourd'hui, malheureusement, je n'y arrive plus. Mes yeux.

Je songe avec tristesse et révolte à ce document seulement paraphé d'un pouce il y a trente-six ans. De quels stratagèmes ont-ils usé, ces fonctionnaires, quels mensonges ont-ils proférés afin que des miséreux, incapables de déchiffrer un mot, signent un document incompréhensible, une autorisation de sortie vers la métropole sans mention de durée ? Décidément, la colère est devenue mon amie la plus fidèle au cours de cette enquête, celle sur qui je peux toujours compter.

— Comment s'est passé le départ de Maman ?

Je guette sa réaction. Ses mains arthritiques malaxent un paquet de cigarettes.

— Et un *grand malizé*[1].

— Dis-moi, s'il te plaît. Je suis venue pour ça.

Un silence, puis un filet de voix comme étranglé.

— On nous a dit que vous feriez de grandes études, que vous deviendriez des dames. Alors on a signé.

— « Vous » ? C'est qui, « vous » ?

— Clémence et toi. Enfin, ta mère et elle.

Le pauvre homme ! Il confond les générations. Mais ce prénom, Clémence, découvert au conseil général, prononcé ici pour la première fois, m'électrise. Je vais savoir.

— Qui est Clémence ?

Il me regarde comme si j'avais perdu la raison.

— Eh bien, ma fille, évidemment. Après Pauline, l'aînée…

1. Grande peine.

Il me regarde, baisse la tête, puis se tortille sur sa chaise.

— Pas tout à fait comme Pauline… À l'époque, vois-tu, j'étais *in ver galan*[1], un garçon plutôt pas mal de sa personne. Alors à force de faire le joli cœur, j'ai planté un autre petit dans le monde, « un enfant apporté par la pluie », comme on dit ici, une bâtarde, mais bien mignonne. Elle vivait avec sa mère, qui n'habitait pas loin, et venait s'amuser avec Pauline. Ah, elles s'entendaient bien, toutes les deux. Comme Michel et Joseph, les deux garçons que j'ai eus ensuite… avec ta grand-mère, cette fois.

Une fille née d'une liaison ! Je savais que l'on plantait volontiers d'« autres graines » sur l'île à l'époque, mais je n'avais pas envisagé ce genre de récolte. Clémence, la demi-sœur de ma mère, avait effectué le grand voyage avec son aînée, ma mère. Où se trouvait-elle aujourd'hui ?

J'ai dû prononcer la dernière phrase à mi-voix.

Une larme coule sur sa peau tannée par une vie de soleil.

— Aucune idée. Ce fut le silence comme pour Pauline. Jusqu'à toi.

— Tu crois qu'elles sont parties ensemble ?

Sa tête oscille lourdement comme pour chasser des images déplaisantes – ou veut-il se débarrasser de moi ? Il se lève et va retrouver ses outils, son bois sculpté, avec un air de colère, de rage sourde. Je reste interdite, ployant sous le poids de la révélation. Au bout d'un temps infini, il émerge et me lance :

— *Nou sa kraz in gazon, anon fèr*[2].

1. Un vert galant.

2. Allez, on va déjeuner.

Son créole s'accentue quand il est anxieux ou las. D'une main, il mime quelqu'un mangeant avidement. Débute alors une cérémonie d'un autre âge. D'un grand sac de jute, il tire des poignées de riz qu'il frotte entre ses paumes, puis me demande de remplir d'eau une casserole gigantesque. Nos mains se frôlent, se touchent, nos épaules se rapprochent. Il ajoute du maïs, allume le petit réchaud à alcool. Une demi-heure plus tard, nous partageons le repas, lui sur son tabouret, moi sur une caisse, protégés du soleil par les palmes du bananier. Pour le dessert, il suffit de tendre la main, d'attraper un fruit à la chair fondante.

— Les bananes figues, les meilleures, lance-t-il tout à coup. Profite, ma fille !

L'orage est passé, un sourire rompt le silence. Nous restons dans une paix partagée, ce parfum de nature mouillée, visités, dirait-on, par deux fillettes d'une autre époque, ou leurs fantômes, dont les ailes semblent nous toucher. Même la fugitive pensée de Sully au temps où nos baisers s'inventaient une histoire doit reculer devant ce moment qui nous appartient à nous seuls, mon grand-père et moi.

Une dernière fois, je respire l'air chaud et moite avant de pénétrer dans la carlingue bondée. Quitter l'île et ma nouvelle famille a été plus difficile que prévu. Mon grand-père et mes oncles m'ont enlacée à tour de rôle. Laëtitia a insisté pour me conduire à l'aéroport avant de me serrer dans ses bras sucrés en essuyant une larme.

— Tu reviendras, dis ?

J'ai acquiescé sans parler et l'avion m'a avalée, entraînée dans le même flux de touristes qu'à l'aller, cette fois d'une couleur plus rubiconde. Sur le siège d'à côté, un passager aux muscles saillants, visiblement fier de son bronzage au carotène, tente d'engager la conversation. Pour toute réponse, je sors mon baladeur de mon sac et me réfugie dans les chansons de Barbara, ma compagne des heures difficiles. À un moment, je fouille dans un sac à la recherche d'un châle, quand mes doigts trouvent une enveloppe. Celle qu'a glissée la fonctionnaire d'un air faussement complice pour la caméra. Sous le choc du rendez-vous au conseil général, je l'avais totalement oubliée, celle-là. Une écriture féminine, soignée et élégante, me saute aux yeux.

Je m'appelle Clémence Marchand-Rivière, je recherche la famille Rivière, installée au Tampon, et dont j'ai été séparée après notre exil dans la Creuse au début des années 1960. Je réside actuellement à Albi et mon numéro de téléphone est le 25 10 60 14. Si vous lisez cette lettre, merci de me contacter. Fait à Saint-Denis, le 18 janvier 1989.

Je lis et relis, ébahie !

Clémence s'est rendue à La Réunion il y a plus de dix ans, à la recherche comme moi de sa famille !

Et échouant dans cette quête, elle a laissé pour sa sœur, pour nous, une lettre telle une bouteille à la mer. Combien de temps cette missive aurait-elle dormi dans un dossier si je n'étais pas venue l'y chercher ? La fonctionnaire me l'avait cachée à ma première visite, ne l'avait sortie que pour se faire mousser à la télé : tout cela semblait vertigineux.

Je ferme les yeux, essaie d'imaginer une fillette pareille à ma mère, leurs rires, leurs robes, leurs jeux, leur séparation, tombés dans l'étrange oubli de celles dont l'enfance a été gommée... Ces images malmènent, entaillent mon cœur. Les larmes que je retenais depuis la trahison de Sully se libèrent, balafrent mon visage. Interloqué, mon voisin tente de me réconforter :

— Il y aura d'autres vacances, faut pas s'en faire.

Je lui tourne le dos, me recroqueville sur mon siège, sonnée, volant vers la métropole, bouleversée par les révélations, les rencontres diverses, le poids, l'enclume de l'histoire sur ma parentèle. Je sais tout, ou presque, désormais. Les pièces du puzzle généalogique s'imbriquent peu à peu. Je devrais me réjouir, fière des avancées de mon enquête, mais une question me taraude : comment ma mère va-t-elle réagir ? Je n'aurai pas trop de temps entre Roissy et le trajet en train jusqu'à Limoges pour m'interroger.

De loin, dans le hall de la gare de Limoges, mon père fait les cent pas, mais dès qu'il m'aperçoit il agite ses mains en l'air. Geste théâtral qui contraste avec l'attitude de ma mère, en retrait, roide, les bras croisés. À part les boucles blondes, elle ressemble à sa mère sur la photo là-bas dans la case, par l'intensité de son regard, la noblesse de son front. En m'approchant, je remarque qu'elle s'est tout de noir vêtue, parure funèbre plutôt inhabituelle chez elle.

Dans la voiture, j'esquive les questions de mon père. Rentrée à la maison, je gagne ma chambre pour me reposer du voyage et reprendre des forces en vue de l'épreuve qui m'attend. Le soir venu, je demande à mes parents de s'asseoir. Ma mère, tendue comme un arc, lèvres déjà frémissantes, regard aux aguets, se cale au bout du canapé.

— Maman, au départ, tu t'appelais Pauline. Pauline Rivière.

Sa réponse me sidère.

— Je le sais. Depuis longtemps. Depuis la découverte de mes papiers d'adoption.

— Mais pourquoi ne me l'as-tu pas dit ?

Elle baisse les yeux.

— Adolescente, je refusais ce prénom, ce nom venu d'ailleurs. Puis j'ai rencontré ton père, il m'a aimée, moi, Isabelle Gervais. Et je ne voulais pas blesser mes parents adoptifs, qui l'avaient choisi pour moi.

Mon père lui prend la main, embrasse ses doigts. Un geste d'une telle intimité, d'une telle douceur, que je détourne les yeux.

— Tes parents se nommaient Jeanne Potin et Carélien Rivière. Tu es née au Tampon, à La Réunion, en 1957, et tu es arrivée ici, en métropole, en 1963.

— Mes parents…

Ma mère semble dans un état second. Je cherche à gagner du temps, me racle la gorge.

— Jeanne est partie en 1972… Une crise d'asthme…

— Et mon père ? demande-t-elle d'une voix cassante.

Elle voit à travers moi. J'y suis. Impossible de reculer.

— Parle, Caroline, insiste mon père. Nous t'écoutons.

— Ton père, Carélien, vit toujours, à l'endroit où tu as grandi tes premières années. Je l'ai rencontré.

Deux paires d'yeux me dévisagent, stupéfaits.

— Je ne comprends pas, dit-elle dans un souffle. S'il n'est pas mort, pourquoi ai-je été adoptée ?

Je tente de tout expliquer, les mensonges, les faux-semblants, la signature obtenue sous forme de pouce, le scandale d'État. Ma mère pâlit et finit par m'interrompre d'un geste.

— Cela signifie qu'ils se sont débarrassés de moi comme d'un paquet.

— Pas du tout !

J'essaie de l'apaiser, évoque la détresse de mes grands-parents, ces années de regrets, de tristesse. Elle m'écoute à peine, mâchoires fermées, le regard noir.

— Maman, ce n'est pas tout.

Je me penche en avant comme si sa proximité pouvait rendre plus facile cette nouvelle révélation.

— Tu n'es pas arrivée seule dans la Creuse. Il y avait une petite sœur avec toi. Clémence, Clémence Rivière. Elle vit à Albi. J'ai même son numéro de téléphone.

— Tu en es sûre ? demande Papa, stupéfait.

Ma mère se lève d'un bond, effectue un demi-tour sur elle-même et s'effondre brutalement, face contre terre. Mon père et moi, nous nous précipitons, pressentant le même malaise vagal qu'au cinéma des mois plus tôt. La suite nous donne raison : ses lèvres sont d'une pâleur étrange, le sang s'est retiré de sa peau moite, il coule de son nez meurtri par la chute. Elle reprend peu à peu connaissance. Mon père lui tend un mouchoir et l'installe dans un fauteuil.

— Mais je n'ai ni sœur ni frère…

— Si. Tes parents ont eu deux garçons après ton départ de l'île. Michel et Joseph, tes frères, ont des enfants, des neveux à toi donc. Et il y a Clémence, avec qui tu as été emmenée.

Ma mère ferme les yeux pendant un temps qui paraît infini.

— Une sœur, une petite sœur !

Elle semble ne pas avoir entendu ma remarque sur ses frères et répète le seul prénom de Clémence.

— Chérie, intervient mon père, si tu venais t'allonger ?

Elle ignore ses paroles, se rencogne dans le fauteuil, dérive ailleurs, loin de nous, vers des rivages indicibles, des écueils mystérieux. Plusieurs fois, elle réclame des précisions sur ma visite au conseil général, lit et relit la lettre de Clémence. Curieusement, elle n'évoque jamais le reste de sa famille, son père, ses frères. À minuit, je l'oblige à se coucher. Sur le pas de la porte, elle me lance, hagarde, le regard fou :

— Ça ne change rien, tu sais. Si ces gens m'ont abandonnée, je ne veux rien avoir en commun avec eux.

La porte se ferme. Je reste avec mon père, pour lequel j'éclaircis certains points. Sa rigueur me rassure, il sait écouter, m'interrompt à peine, passe en revue les photos de mon appareil numérique et propose un plan d'action.

— Il faut joindre Clémence à Albi, l'inviter à venir ici. Peut-être des bribes de souvenirs lui reviendront-elles ? Le silence de l'oubli pendant des années et cette cascade de révélations ! Je crains que ta mère ait besoin de temps, de beaucoup de temps, pour se faire à tout ça.

» Assez d'émotions pour ce soir, je vais me coucher. Bonne nuit, ma fille.

Je reste seule au salon, à regarder les clichés de mon grand-père et de Sully, pris quand ils ne s'y attendaient pas. Le dessin de ses lèvres, ce sourire qui croque la vie comme un fruit de là-bas. Il me manque déjà. Au bout d'un moment, j'éteins tout, rejoins ma nuit, parcourue de sentiments contradictoires. Heureuse d'avoir pu parler à mes parents, exaltée par la tâche qui m'attend : contacter ma tante, leur permettre à tous de se retrouver. Empreinte aussi d'une solitude qui ne me quitte pas depuis que les bras de cet homme m'ont lâchée.

Décembre 1999

Sa voix au téléphone. Étrangement familière, mais plus chantante que celle de ma mère. Une semaine a été nécessaire pour composer son numéro.

— Allô, je voudrais parler à Clémence Rivière.

— C'est moi.

— Bonjour… Je m'appelle Caroline Estivais. Je vous téléphone pour vous annoncer une nouvelle qui va sûrement être un choc… C'est extraordinaire. Ma mère, dans son enfance, se nommait Pauline Rivière. C'est votre grande sœur.

Un « Ah » tonitruant percute mes tympans.

— Ma grande sœur… Mais c'est formidable ! Racontez-moi… Vous avez donc effectué le voyage vers La Réunion, toutes les deux, et trouvé ma lettre ? Pauline est à vos côtés ? Passez-la-moi !

— Difficile…

Et de lui expliquer brièvement la position maternelle et ma quête solitaire. Elle me donne à son tour quelques informations, teintées d'un joli rire de gorge.

— J'ai encore ma première famille ! Je l'ai toujours pensé. Cela fait si longtemps ! Quand allons-nous nous rencontrer ?

— Bientôt. Le temps que ma mère se fasse complètement à cette idée. Elle est plus fragile que vous.

Nous convenons de nous reparler rapidement, d'organiser sa visite ici. Débute un échange de mails ; pour l'occasion, Clémence s'est créé une adresse électronique, une nouveauté qui lui paraît insensée. On peut donc se parler et s'envoyer des messages, à toute vitesse ! Quelle invention incroyable ! Ma mère lit ses messages mais y répond toujours brièvement. Ce laconisme ne décourage pas Clémence, mais mon père s'en étonne.

— Chérie, pourquoi ne pas lui parler directement au téléphone ?

— Oh non… Imagine qu'on déteste la voix l'une de l'autre ?

Il m'a fallu plusieurs mois pour organiser la rencontre. Et c'est aujourd'hui, dans une demi-heure, que le train arrive. Je me prépare, fébrile.

— Tu viens avec moi, Maman ?

Je connais déjà la réponse mais pose la question pour la forme.

— Non, je ne peux pas, je ne crois pas… Je ne voudrais pas que…

— Bon, j'ai compris, dis-je en souriant. Tu nous attends ici, alors ?

J'ai à la fois tellement envie de la voir et peur de cette sœur qui surgit ainsi si tard dans ma vie. Pendant tout ce temps, j'ai éprouvé comme une absence, un vide, malgré la présence de mes parents adoptifs. Je croyais ce vide lié à mon histoire, l'adoption, mais il s'agissait sans doute de l'effacement de ma sœur, de notre mémoire commune. Nous avons été séparées si tôt ! Comment renouer le lien ? Comment se parler après toutes ces années ? Va-t-on seulement se reconnaître après des décennies ? J'ai à la fois froid et chaud, espoir et terreur.

Ma mère a déjà changé deux fois de tenue et trois fois de coiffure. Son air perdu m'apitoie et m'horripile à la fois. Elle ne cesse de déplacer les objets, de rouer de coups les coussins du canapé, d'intervertir les vases débordant de fleurs. Et son inquiétude devient la mienne. Si la visite tournait mal ? Pourquoi s'apprécieraient-elles adultes ? Elles ne se sont connues qu'enfants, et si peu de temps encore. Dernière difficulté : comment leur avouer leur réel degré de parenté ?

Parmi le petit groupe de voyageurs qui descendent du train, je repère tout de suite sa peau acajou. Cette femme qui s'avance vers moi, le sourire aux lèvres, c'est ma mère, en plus corpulente, avec des cheveux crépus coupés très court, un faux air d'Angela Davis, une mine résolue.

— Alors comme ça, s'exclame-t-elle, tu es ma nièce Caroline. Viens par ici, mon petit cadeau !

Et je me retrouve étreinte par des bras puissants, emportée par son rire gracieux ! Et cette voix ! Pareille à celle de ma mère. Même bouche moelleuse, mêmes paupières lentes. Même démarche et même port de tête. Un double troublant, aux formes plus larges, généreuses, au visage doux et rond, aux yeux dardés sur moi. J'en perds mes mots.

— Tu as donné ta langue au chat, ma belle ?

— Pas du tout... Je suis... je suis ravie de faire ta connaissance.

En me garant devant la maison, je surprends l'appréhension dans son regard.

En sortant de la voiture, Clémence laisse tomber son sac à ses pieds puis s'avance en silence dans l'allée. Ma mère... Les deux sœurs ouvrent leurs bras, s'étreignent au même moment. Pour la première fois depuis trente-six ans. Clémence, noyée de larmes, ma mère émettant un petit bruit, entre rire et sanglot. Déroutée, je m'approche. Ma mère m'attire à elle. J'habite une prison de bras, de souffles courts, de joues effleurées, dont je n'ai pas envie de m'échapper.

— Quelles idiotes nous faisons ! lance Clémence. Viens ici, Pauline, que je te regarde mieux. Comment dois-je t'appeler, d'ailleurs ?

— Isabelle. Je suis Isabelle depuis très longtemps, je ne me vois pas changer.

— Eh bien, tu n'es pas bien grosse, ma sœur. On ne sait pas manger dans le centre de la France ?

Dans le Sud-Ouest, regarde-moi, on apprécie la bonne chère ! J'ai apporté des navettes, des petits gâteaux de chez moi.

Et son aînée d'esquisser un sourire tremblant d'émotion. Je m'éclipse à la cuisine pour préparer le café. Je les retrouve assises l'une à côté de l'autre, plus proches que je les avais laissées, mais se dévisageant avec la même stupéfaction. Elles ont les mêmes mains, le visage sculpté des mêmes reliefs, et ces yeux qui vous scrutent par en dessous. Volubile, Clémence poursuit la chronique de sa vie à Albi : fonctionnaire de mairie, célibataire aux amis multiples, le goût des animaux et une passion, le parachutisme, ce qui fait sursauter sa sœur.

— Tu devrais essayer, je t'assure ! Rien de plus libérateur. À quatre mille mètres, on n'a plus peur de rien. Personne ne peut vous atteindre.

Isabelle rit d'un petit rire contraint.

— Très peu pour moi. Je ne crains rien sous l'eau, mais j'appréhende l'altitude. Je préfère le plancher des vaches.

— C'est ton côté creusois, plaisante Clémence. Moi, j'ai été adoptée dès mon arrivée, à quatre ans. Je suis tombée sur un couple d'instituteurs formidables, les Delhomme. Dès le début, ils ne m'ont rien caché de la situation, et ils m'ont laissé mon prénom. À cinq ans, je savais placer La Réunion sur une carte !

— Tu en as, de la chance ! Chez moi, Caroline t'en a parlé, le secret fut bien gardé. Black-out total.

— Black-out ! s'esclaffe Clémence. C'est le cas de le dire…

Ma mère esquisse un sourire. Clémence poursuit plus gravement :

— Ma famille adoptive ne m'a rien dit au sujet d'une sœur...

C'est le moment que je choisis pour intervenir :

— Peut-être n'étiez-vous pas inscrites comme sœurs pour le voyage... En fait, Clémence, vous avez bien le même papa, mais des mères différentes.

Cette révélation a au moins le mérite de leur rappeler ma présence dans la pièce. Toutes deux me dévisagent, bouche bée.

Et je leur raconte ce que m'a confié mon grand-père, l'incorrigible *ver galan*, la naissance d'une fille adultérine, d'une jolie gamine qui venait l'après-midi jouer avec Pauline avant de rentrer chez sa mère.

De la nouvelle, Clémence ne retient que le versant d'espoir...

— Mais alors, ma mère vit peut-être encore là-bas ? Tu t'imagines, partir embrasser mes deux parents biologiques, quelle fête ce serait !

Saisissant les deux mains de Clémence, ma mère débite à toute vitesse :

— Pour moi, il n'y a pas de « demi » qui compte. Tu es ma sœur, c'est tout ce qui m'importe.

— Tu te souviens de nous là-bas, du voyage ? lance Clémence.

— À peine. J'avais six ans, tu le sais. C'est comme si j'avais été droguée jusqu'à notre arrivée en métropole. Pas un visage, peu de sensations.

— Tu crois que les autorités nous ont gavées de somnifères ?

— Pour avoir la paix, pourquoi pas ? Cela leur ressemblerait bien… Depuis que Caroline a déterré notre histoire, je suis visitée par des sortes de flashs. Des éclats de lumière, des fleurs, une présence impossible à définir. Récemment, j'ai rêvé de choses étranges, un tapis, des chutes de tissu… Et toi ?

— Je ne me souviens que de gros lézards. Peut-être les ai-je inventés depuis que je sais que je viens d'une île tropicale ?

— Parfois m'apparaît aussi un cerf-volant fabriqué à l'aide de feuilles, qui s'envole dans un ciel bleu. Tu crois que nous y avons joué ensemble ?

Soudain, sa voix se brise, elle se met à pleurer. Sa sœur la prend dans ses bras, la berce presque sur sa poitrine.

— Chut, ma jolie…

Elles se parlent bas, se racontent des petits riens qui semblent n'appartenir qu'à elles.

— Pendant si longtemps, confie ma mère, je ne savais pas qui j'étais. J'éprouvais instinctivement un manque. Et la culpabilité m'a toujours rongée. J'étais ta grande sœur, je devais te protéger… J'ai échoué…

Ses pleurs redoublent, avec une intensité qui me pétrifie.

— Je suis tombée gravement malade, tu sais, à six ans, une encéphalite limbique, qui n'a rien arrangé du côté de la mémoire… J'ai tout oublié, jusqu'à mon premier prénom : Pauline, la petite Pauline. Ma mère adoptive, Martine, m'a tout de suite aimée, offert une famille, un cadre, une éducation. Sans rien me raconter de mon passé. La différence de couleur, on n'en parlait pas chez nous. Un sujet tabou, comme l'adoption.

— Tant de secrets, de non-dits ! soupire Clémence. Comment a-t-on pu nous arracher de notre île, nous séparer, nous faire adopter alors que nos parents étaient bien vivants ?

Je résume à ma tante les informations glanées lors de mon séjour sur l'île, mes discussions avec Jules Dijoux et Sully, l'émission de radio, la politique de repeuplement menée par l'Administration française. Elle ouvre de grands yeux.

— C'est encore pire que ce que je croyais. Des cobayes, nous avons été des cobayes, des petites victimes.

— Oui, des Petits Poucets des antipodes, ajoute ma mère en souriant tristement. Avec l'État dans le rôle de l'ogre. Mais j'en veux d'abord à nos parents. Quel père, quelle mère faut-il être pour laisser ses filles s'en aller ?

— Je ne sais pas, soupire Clémence. J'aimerais bien poser la question à Papa.

— Eh bien, pas moi ! J'ai très bien vécu sans connaître son existence, je continuerai ainsi. Ce « Papa », comme tu l'appelles, n'existe pas.

Air buté, lèvres pincées, regard qui se ferme. On dirait une autre.

En m'éclipsant pour aller chercher mon appareil photo à l'étage, j'entends leurs chuchotements, leurs rires étouffés, et quelque chose exulte en moi. J'ai réussi à réparer ce fil brutalement coupé entre elles, à recomposer une famille. C'est ma première grande victoire dans ma jeune vie. Celle-ci m'a aidée à grandir, m'a ouverte sur le monde et ses injustices, m'a permis aussi d'une certaine manière d'éliminer une part de mes angoisses, ce mystère que je pressentais tapi dans l'ombre de ma mère… Savoir m'a rendue adulte.

Quand je reviens, l'ambiance a changé, des noms volent à travers la pièce : Ariane Ascaride ! Isabelle Huppert ! Jean-Pierre Bacri ! André Dussollier !

Elles s'ébattent comme des enfants.

— À quoi jouez-vous ?

— À citer nos acteurs et actrices favoris !

— C'est fou, nous avons les mêmes goûts. Clémence a adoré *Marius et Jeannette* !

— Et *Shakespeare in Love*, quelle beauté !

— J'en suis dingue !

Du cinéma, elles passent aux chansons, plébiscitent Céline Dion, s'écharpent presque sur les mérites de Madonna, avant de tomber d'accord sur les mélodies de Ricky Martin et de Sacha Distel. Je n'arrive plus à suivre ce hit-parade et m'esclaffe quand elles se mettent à chantonner en imitant Catherine Deneuve et sa sœur dans *Les Demoiselles de Rochefort*. Une bouteille de champagne est apparue sur la table basse comme par magie. D'habitude si sobre, ma mère remplit les coupes.

— Pas plus haut que le bord ! lance Clémence, l'œil étincelant, le sourire vissé aux lèvres. Si on dansait ?

Ma mère pose un disque sur la platine. Les voilà, en plein après-midi, chaloupant sur « L'Amérique », de Dassin, chantant à tue-tête, en se tenant les épaules, les mains. C'est en plein karaoké que mon père les trouve en rentrant du travail…

— Clémence, je suis si heureux de te rencontrer.

Ils s'embrassent comme s'ils se connaissaient depuis toujours.

— Incroyable comme vous vous ressemblez !

— Allez, viens danser, rit ma mère. Ça fait si longtemps…

Émus et aux anges, mon père tombe la veste sans se faire prier.

Je filme mes parents joue contre joue, oscillant au rythme de « L'Été indien ». Tel un koala géant, Clémence s'accroche tendrement au dos de ma mère. Bientôt, Sébastien débarque, embrasse sa tante sans façon et rejoint l'étrange trio qui tangue au rythme du slow. Au bout d'un moment, j'entre dans cette sarabande, pour former le dernier anneau de cette chenille tragi-comique.

Septembre 2000

Plus de deux ans se sont écoulés depuis qu'un reportage radio a bouleversé nos vies. Apparemment, tout est redevenu normal. Immergée dans mes études, je sillonne le département en quête de sujets pour mes travaux dirigés et mes stages dans des rédactions. Nous travaillons en duo, et mon binôme, Benoît, un garçon de la région au large sourire, me regarde avec convoitise. Je l'ignore gentiment, Sully me trotte encore dans la tête, son visage, ses yeux nacrés, sa voix me visitent aux moments les plus incongrus. Aucune nouvelle de sa part, je n'en espère pas, il s'est sans doute marié, m'a oubliée pour une autre. Dans mon esprit, il a acquis l'épaisseur d'un personnage romanesque, lié à cette histoire folle, ce périple inouï à La Réunion, à la découverte de mon grand-père, à qui j'écris régulièrement. Il devient de plus en plus dur d'oreille, et ma tante Laëtitia doit répondre pour lui au téléphone. Ce dialogue à trois nous suffit pour l'instant. Ma mère, elle, refuse toujours obstinément d'évoquer sa famille insulaire, n'en parle jamais, du moins avec moi. Peut-être aborde-t-elle le sujet avec Clémence, qui diffère régulièrement son voyage là-bas pour s'envoler en sa compagnie. Ensemble, elles rattrapent le temps perdu, réapprennent à tresser leurs vies, prennent une douce revanche sur le destin, se ménagent des moments complices au téléphone. À tel point qu'il me semble que, mère et fille, nous nous séparons de nouveau.

Pourtant, un jour, à ma grande surprise, j'ai reçu une lettre d'elle, une longue missive envoyée à Clermont-Ferrand. Voilà ce qu'elle confiait au papier, de son écriture élégante, appliquée.

Ma fille,

Je te suis reconnaissante pour tout ce que tu as découvert. Sans toi, ton obstination, je n'aurais pas compris que mon exil s'intégrait dans un vaste plan qui nous dépassait. Retrouver Clémence a été, avec ta naissance et celle de ton frère, le moment le plus heureux de ma vie. Merci d'avoir permis de réparer un peu de nos enfances saccagées. Avec elle, tu l'as vu, le lien s'est retissé en douceur. Grâce à toi, je me sens complète et sereine, guérie aussi, si tu veux, d'une blessure, d'une douleur que je ne savais où loger. Mais je te le répète, l'histoire, enfin éclaircie pour moi, s'arrête là : je n'irai pas plus loin. Comme je te l'ai déjà expliqué, découvrir

mon géniteur n'a aucun sens. Je suis d'ici, avec ma famille, parfaite, qui m'entoure.
À ce propos, il est temps de te révéler ce qui fut longtemps caché au sujet de ton oncle Aymeric. Des faits difficiles à exprimer de vive voix, en tout cas pour moi. Mais avec tout ce que nous avons traversé, je te dois cette vérité. Quand j'étais adolescente, Aymeric a eu envers moi des gestes déplacés, très déplacés, même. Tu es une femme désormais, tu peux les deviner. Pendant longtemps, j'en ai rêvé la nuit, des cauchemars effrayants où il m'insultait et se jetait sur moi. À l'époque, je n'ai pas pu en parler à un adulte, mais je l'ai sèchement remis à sa place, lui, le frère de mon enfance. Depuis, je vis sans lui, et sans lui avoir pardonné ce qu'il m'a fait subir.
Voilà, ma grande, tu sais tout. Ma fille, si brave, si formidable, tellement plus que ta maman. Tu dois désormais passer à autre chose, te consacrer au métier auquel tu te destines, construire ton avenir. Pense à toi, à toutes ces merveilleuses rencontres qui t'attendent. Avec Papa, nous te soutiendrons toujours, car nous t'aimons infiniment.
Ta mère.

J'ai relu la missive plusieurs fois, frissonnante, incrédule. Je savais ma mère rétive à tout rapprochement avec La Réunion. Le voir énoncé ainsi, assumé, me bouleverse. Elle donne congé à son histoire. C'est son choix, je le respecte même si les prises de bec à ce sujet se sont multipliées depuis mon retour. J'ai tant investi de moi dans cette recherche et la voir fermer la porte sur un voyage là-bas me donne envie de hurler. Mais au moment où je la sentais plus sereine, affermie dans sa décision, voilà qu'elle me désarçonne avec une autre révélation. Que s'est-il réellement passé avec mon oncle Aymeric ? Là encore, elle me fait comprendre que le dossier est refermé, classé. Ai-je envie de repartir au combat, d'arracher d'elle une autre vérité ? Des pans de mon enfance s'éclairent, l'absence constante d'Aymeric aux réunions familiales, son rejet violent par ma mère, dont la colère, la rage m'envahissent aussi désormais. J'avais dû sans doute un peu le deviner sans que rien n'affleure dans le faux calme plat de notre existence. Comment a-t-elle pu vivre par deux fois une telle violence déchaînée sur sa jeunesse, son innocence ? Une double commotion qui explique bien ses réticences, ses secrets. Je suis le fruit de cette douleur qui, ce soir, est mienne.

Le week-end suivant, elle m'étreint longuement, comme si elle cherchait à m'absorber, à fusionner avec moi. Nous ne faisons en effet plus qu'une seule personne, tout mot inutile entre nous.

25 mai 2001

Au cœur du printemps, Clémence a décidé de venir en vacances chez nous. Pour la première fois depuis tant d'années, les deux sœurs partageront leur quotidien. Ma mère a briqué toute la maison, installé une nouvelle chambre et cuisiné pour une armée. La boutique a été fermée afin de lui permettre de profiter de sa sœur. Retenue à Clermont par les cours, je téléphone souvent à la maison, curieuse de cette cohabitation, peut-être aussi un peu jalouse. Elles n'ont plus vraiment besoin de moi. Je ne suis plus nécessaire, seulement témoin, et de loin encore. Au bout du fil, il n'y a que des rires, des exclamations. C'est bon de les entendre ainsi animées, vivantes. Mais ce soir, la voix de Clémence s'assourdit.

— Nous sommes allées nous promener.

— Très bien. Où cela ?

— Jusqu'à l'ancienne ferme où habitait ta mère à son arrivée. Elle tenait à me la montrer.

— Je la connais, j'y suis allée. Lugubre, comme bâtisse.

— Non, ce n'est pas ça. Exceptionnellement, elle était ouverte pour les vacances. Une femme d'environ quarante ans nous a reçues, offert à boire. Elle avait entendu parler des enfants de la Creuse.

— Vous êtes tombées sur la nièce ! Une chance, je n'avais pu rencontrer que sa voisine.

— Une chance, si on veut. Elle a évoqué un certain Gaëtan. Ça te dit quelque chose ?

— Rien du tout. Je n'ai jamais entendu ce nom.

— C'était un jeune gars de La Réunion avec qui ta maman vivait chez les Granger. Enfin, « vivait »... Coexistait plutôt, puisqu'elle résidait dans la maison et que lui dormait dans l'étable sur le foin des vaches.

Incroyable, une autre partie du puzzle !

— Il faut le retrouver. Vous avez son nom de famille ?

— Payet. Mais ne t'emballe pas, répond tristement ma tante. Le garçon en question est devenu SDF. Et un jour, un jour...

— Un jour, quoi, Clémence ?

— On l'a retrouvé mort de froid sous un carton, dans la rue.

Je reste coite, incrédule devant ce nouveau coup du sort. Décidément, la spirale de la cruauté n'en finirait jamais.

— Comment maman l'a-t-elle pris ?

— Elle a pleuré pendant tout le trajet du retour. Et une fois à la maison, elle a sorti une boîte, une espèce d'écrin, et en a tiré un cadeau qu'il lui avait offert, un petit dauphin en bois, conservé pendant toutes ces années.

Je sursaute. Un dauphin identique à celui que m'a donné mon grand-père ?

— Passe-la-moi, s'il te plaît. Je dois lui parler.

— Pour l'instant, elle s'est enfermée dans sa chambre. Laisse-la se reposer, elle en a besoin.

Clémence, la cadette, veille désormais sur sa grande sœur, qui pleure ces vies dérobées.

— Et tu lui as reparlé de notre projet ?

Nous tentons depuis des semaines de convaincre ma mère de partir avec nous à La Réunion. En vain, malgré les arguments et l'envie de Clémence de revoir leur père. Le veto maternel ne souffre aucune discussion.

Comme souvent, Clémence ne raccroche pas sans me demander de nouveaux détails à propos de mon voyage sur l'île. Je m'exécute de bonne grâce. Contrairement à ma mère, elle ne se lasse pas d'écouter le récit de mes visites à son père, me demande de le lui décrire, ainsi que sa maison, ses deux fils, ses animaux. Avec une ferveur d'enfant, elle lui envoie des cadeaux, souvent farfelus, toujours attendrissants : un rasoir électrique, un gaufrier, une cafetière dernier cri... J'ai beau lui expliquer que le vieux Carélien est fâché avec la modernité, elle s'obstine.

— Je vais lui reparler du projet, mais plus tard, ce n'est pas le moment, conclut Clémence. Ta mère est bouleversée par la nouvelle du décès de ce Gaëtan. Elle a replongé dans une sorte de torpeur, de mélancolie. Le petit Payet a compté dans sa vie, ils ont dû se soutenir l'un l'autre. Après tout, ils étaient seuls au monde et ils ont dû faire front à deux.

Je raccroche, chagrinée, songeant à cet autre déraciné soumis à l'arbitraire, à la brutalité, finissant sa vie sur un trottoir gris, à neuf mille kilomètres de La Réunion. Tant de liens coupés brutalement pour ce garçon, ma mère... Tant de séparations à un âge si tendre. Je finis par m'endormir, et mes songes se peuplent d'un dauphin jaillissant des flots. À trois cents kilomètres de là, ma mère glisse-t-elle aussi dans le même rêve ?

Après sa tentative de suicide dans l'étable, Gaëtan n'est pas retourné chez le couple Granger. Il a erré, enchaîné les petits jobs, pompiste, garçon de ferme, mitron, ce qui lui plaisait bien, mais malheureusement, parce qu'il n'avait pas son CAP, on ne l'a pas gardé à la boulangerie. Il est descendu dans le Sud, espérant réchauffer sa peine et sa solitude. Il n'y a trouvé que squats, drogue et violence. Alors, un jour de février, il s'est couché, pour ne plus se relever. À vingt-deux ans. On l'a inhumé dans une fosse commune, loin de son île. Sans informer sa famille de son décès.

25 juillet 2002

J'ignore encore ce qui l'a décidée. De longs mois d'opposition, de refus silencieux, puis un jour, au téléphone, quelques mots avant de raccrocher…

— Je dois faire repeindre le magasin et réparer l'électricité. J'aurai une semaine de congés obligatoires en juillet…

Je retiens mon souffle.

— Je suis libre pour… Enfin tu sais…

Elle achoppe sur le nom de l'île mystérieuse, mais je m'engouffre dans la brèche.

— Maman, je me charge de tout avec Clémence. Je la préviens immédiatement.

— Fais comme tu veux. Mais ne compte pas sur moi pour…

Ses phrases se fracturent.

— On verra à ce moment-là, Maman.

Avec Clémence, nous avons réservé des chambres d'hôtel à Saint-Gilles-les-Bains, en comptant que la mer et ses plages la séduiraient. Le moment de quitter mon père a été difficile, déchirant même : elle a du mal à se séparer de lui. Ils se sont forgé une sorte de cuirasse, serrés l'un contre l'autre pendant longtemps. J'ai cru un moment qu'elle fléchirait, refuserait de prendre le train puis l'avion pour Saint-Denis. À l'aéroport, elle erre encore, perdue, et je dois la guider comme un enfant.

— Je te préviens, Caroline. Je resterai à l'hôtel. J'ai besoin de me reposer.

Clémence et moi avons échangé un regard complice. Loin de nous l'idée de la forcer, mais nous espérons que le décor de l'île rallumera ses souvenirs, l'envie de découvrir avec des yeux d'adulte le paysage de son enfance, de se confronter enfin à sa généalogie.

Dans l'avion, repoussant plateau-repas et boissons, elle s'enfouit la tête dans un grand châle. Elle reste ainsi dissimulée onze heures sous un vêtement tandis que sa cadette bavarde, feuillette des magazines féminins, commente les films diffusés par la compagnie aérienne. On ne pourrait imaginer deux sœurs plus différentes ! À l'arrivée, ma mère affiche une pâleur inquiétante, ses rides dessinent des ombres violettes sur son visage.

— Tu veux une barre de céréales ? s'enquiert Clémence.

— Je n'ai pas faim.

Elle n'a commenté ni la chaleur suffocante dès l'arrivée, ni la route longeant les falaises d'où l'on aperçoit le lit mauve de la mer ou les nuages ivoirins qui paressent à la hauteur des vagues. Seuls les fleurs multicolores, les lauriers-roses, les bougainvilliers, les rosiers se jetant à l'assaut des murs allument par moments son regard. D'anciennes images lui reviennent-elles ? Elle s'enkyste dans sa chambre climatisée au lieu de découvrir la plage des Roches noires, toute proche, l'une des rares propices à la baignade grâce au lagon la protégeant des requins. Je piaffe d'impatience devant tant d'inertie, mais la brusquer serait inutile. Après-demain, nous nous rendrons chez mon grand-père. Deux jours à jouer à être en vacances, des vacances inhabituelles, pour nous, sous les tropiques, dans la lumière tamisée et la douceur de l'hiver austral. Mon esprit s'évade inexorablement vers Sully. Après des mois de silence, il m'a téléphoné à plusieurs reprises, ayant obtenu mon numéro par Ludivine, comme s'il sentait mon arrivée prochaine sur son territoire. Son nom s'affiche à intervalles réguliers sur mon écran, mais je refuse l'appel. Pourquoi rouvrir ce qui a tardé à cicatriser et demeure une zone sensible ? Alors que je remettais les pieds sur l'île, les souvenirs m'ont mordue, ces flambées de désir, sa manière de danser, sa façon de brasser mes cheveux comme s'il s'agissait d'une gerbe d'or, sa nonchalance taquine, son engagement sans faille aussi au service de mon histoire personnelle. Je n'ai pu m'empêcher de tourner le bouton de la radio, espérant capter cette voix « qui allume aux lèvres le sourire et emplit le corps de joie », comme dit un poème dont j'ai oublié l'auteur.

Exaspérée contre moi-même, contre ma mère, tentant de tuer les heures, je prends des photos, captant des instantanés d'une île bon enfant où des familles créoles viennent pique-niquer à l'ombre des filaos et se jeter dans le bleu abyssal des flots.

Dès mon arrivée, j'ai éprouvé une curieuse sensation, comme si j'avais toujours connu cette terre. Les alizés, les vagues écumantes, les arbres, les nuages crème, les plantes, les fleurs, le bleu dur du ciel qui plus tard se met à flamboyer, tout semblait me parler, chuchoter quelque chose du passé. La nuit, des images me visitent : une partie de pêche à la rivière avec une canne en bambou ; ma joie à la prise d'un poisson scintillant ; une vieille dame aux traits ravinés me nourrissant sur ses genoux comme si j'étais encore un bébé, un bébé qui proteste en riant… J'entends des cris de joie avec le même accent que celui d'ici. Une porte s'ouvre, découvrant des pans d'enfance, mais quel sens donner à ces épiphanies ? Qui suis-je ?

Aujourd'hui, peur et joie mêlées. Nous traversons l'île à la rencontre de mon grand-père. Enfin, je l'espère ! Car hier, avant d'aller se coucher, ma mère a grommelé : « Regarde-moi ce teint de sauvageonne ! Décidément, ce pays n'est pas le mien. »

Au bout de vingt minutes, elle daigne apparaître dans le hall de l'hôtel, sous nos yeux sidérés. Quelle touche ! On dirait l'une de ces bourgeoises entre deux âges, pomponnées, qui fréquentent son magasin. Cheveux soigneusement noués sous un foulard de soie, boucles d'oreilles rouges, petit sac verni en main et paire d'escarpins aux pieds. Un look d'héroïne hitchcockienne, un exotisme à l'envers, une offense à l'univers archaïque de mon grand-père. S'en rend-elle compte ? Souhaite-t-elle impressionner celui dont elle refuse la paternité ? Je refrène un rire nerveux, mais Clémence ne peut s'empêcher de la houspiller :

— Tu t'imagines à la garden-party de l'Élysée ?

— Quand je suis invitée, je m'habille, c'est tout.

Vers Le Tampon, le soleil peint d'étranges bleus sur les rochers. Excédée par l'attitude de ma mère, qui croise et décroise ses longues jambes en rythmant le mouvement de grands soupirs, je me retiens de la secouer, de la forcer à quitter ce rôle où elle se complaît, de l'obliger à découvrir cette terre qui l'a vue naître, d'affronter enfin ce périple vers son enfance volée. À la sortie de la ville, la route, comme si elle suivait nos pensées, se met à serpenter sans rime ni raison. Le paysage s'ensauvage, se hérisse de pitons, se creuse de ravines, l'air s'adoucit, rouille le ciel. Bientôt apparaît le chemin menant à la case, une simple piste, plus misérable que dans mon souvenir. La terre rougeoie, nappée d'une poussière âcre, tirant sur les lieux un rideau de brouillard, ce qui sied bien à leur histoire. Même le soleil paraît d'or sale et les arbres plantés comme des vigiles devant la cour semblent nous toiser.

— Nous sommes arrivées.

Clémence ouvre prestement la portière, euphorique, s'emplissant les poumons de son air natal, indifférente à l'odeur de bouse de vache séchée. Dans l'habitacle, ma mère paraît s'accrocher à la ceinture de sécurité, ses lèvres ont pris une teinte cireuse.

— Viens, maman, s'il te plaît.

— Non… Allez-y, vous. Je vous attends.

— Non, mais je rêve ! Nous n'avons pas fait des milliers de kilomètres pour que tu restes dans une voiture.

— Caroline, comprends-moi, c'est au-dessus de mes forces.

— Tu es plus forte que tu ne le crois, tu verras.

Elle finit par se redresser.

— D'accord, puisque tu y tiens tant. Mais pas question d'appeler cet homme « Papa »…

— Enfin, Isabelle, s'indigne Clémence, personne ne te le demande ! Fais comme si nous visitions une personne que nous connaissions enfants et dont nous avons perdu la trace…

J'ai un goût de plâtre dans la bouche, l'appréhension, la frustration aussi. Même si j'ai pris les devants, je ne suis que l'héritière de cette histoire compliquée ; à elles désormais de tracer leur propre chemin.

Ma mère avance, droite et raide, les talons et les chevilles malmenés par les ornières ; on dirait qu'elle marche sur des œufs.

Laëtitia m'accueille les bras ouverts. Je lui présente Clémence, radieuse. À l'écart, ma mère semble déjà reculer vers la voiture. Mais Laëtitia fait un pas vers elle.

— Caroline, je vois maintenant de qui tu tiens ta beauté. Pauline, laisse-moi te dire que tu es splen…

— Je m'appelle Isabelle, rétorque sèchement ma mère. Il faudra s'y faire.

Décontenancée, ma tante se tourne vers Clémence :

— Comme tu veux… Mais cela ne change rien, vous êtes magnifiques toutes les trois. Et les bienvenues ici. Caroline nous a tellement parlé de vous.

Au même moment, à une vingtaine de mètres, je vois mon grand-père sortir du poulailler, un panier d'œufs à la main, flottant dans un pantalon scintillant de brins de paille. Depuis ma visite, deux ans plus tôt, il a changé, son visage est plus tanné, la vieillesse s'est jetée sur sa silhouette rabougrie, son torse ressemble à un cintre fragile où le reste de son corps peine à s'accrocher. On voit la draperie de sa peau, la forme de ses os dessous. Il paraît gris, on dirait que la poussière s'est déposée sur lui, incrustée dans ses traits. Il a remarqué la présence d'inconnues sans y prêter attention. Je m'apprête à m'élancer vers lui au moment où il découvre l'identité des visiteuses dans sa courette. Il pousse alors un grand cri, laisse tomber les œufs, dont le jaune éclate sur le sol, tel un soleil miniature.

— Pauline ? Clémence ? C'est bien vous ? Je ne rêve pas ?

Clémence se précipite et l'enlace comme au retour d'un long voyage.

— Oui, Papa. C'est bien moi, Clémence, ta petite fille.

Mes yeux se mouillent à l'unisson.

— Tu es si grande ! Ma Clémence !

Le vieil homme tâte le visage de ma tante à la façon d'un aveugle, puis se recule, comme s'il voulait changer d'angle, de profil. Le manège se répète jusqu'à ce que Clémence désigne ma mère.

— Et voici Pauline, ton aînée.

Réticente, empruntée, ma mère s'avance, les yeux baissés. Mon grand-père ouvre les bras, avant de les laisser ballants, interloqué par l'attitude de ma mère, qui lui tend la main…

— Bonjour, monsieur.

— Mais je ne suis pas un monsieur ! se récrie-t-il. Je ne l'ai jamais été… Par contre, te voilà devenue une dame, ma Pauline.

— Je ne m'appelle pas…

Ma mère ravale ses mots, tétanisée.

— Jamais je n'aurais cru… espéré vous revoir. Mes filles, mes deux filles.

Sortant de la pénombre, il me serre contre son corps chétif, osseux, prêt à se briser sous cette effusion.

— Caroline, merci pour ce cadeau.

D'un mouchoir zébré de crasse, il s'essuie les yeux, le nez, son cou craquelé comme un vieux cuir, avant de le fourrer dans sa poche. Le sourire le dispute aux larmes.

— Je peux mourir tranquille, maintenant. Mais entrez, entrez donc ici. C'est petit, mais c'est à moi. Je vis ici *comme lontan*[1].

La première entrée dans la case, Clémence commente joyeusement l'intérieur hétéroclite. Malgré la vétusté des lieux, le château de Versailles ne lui ferait pas plus d'effet. Comme revenue en enfance, elle s'ébaudit, s'émerveille de tout ce qu'elle voit. Stupéfaite, ma mère détaille les meubles disparates, le canapé démantibulé, le comptoir rayé en formica.

— Vous boirez bien quelque chose ! *Soleil i pouak*[2].

D'un placard écaillé, ma tante tire quatre gobelets et une bouteille de rhum où surnagent des fruits inconnus.

Clémence s'empare d'un verre et le vide d'un trait. La case s'emplit d'effluves de cannelle.

— *San epé pase dlo*[3], rit mon grand-père en la resservant.

— Attention ! je la préviens. Le rhum arrangé, c'est fort !

Tous s'esclaffent, sauf maman, qui, d'un geste impérieux, me fait comprendre qu'elle préférerait un verre d'eau. Les yeux de mon grand-père virevoltent d'une de ses filles à l'autre. Vient le moment d'ouvrir ses cadeaux. Selon son souhait, je lui ai rapporté un beau livre d'illustrations des monuments parisiens ainsi qu'une collection de timbres dénichés

1. À l'ancienne.
2. Le soleil brûle.
3. Le sang est plus épais que l'eau.

chez un philatéliste de Clermont. Clémence lui tend un assortiment de savons d'un blanc étincelant qu'il renifle avec un semblant de suspicion. Une heure s'écoule ainsi, entre cour et fraîcheur, gestes lents et phrases anodines, avant que ne lui échappe un long soupir.

— De la peine, ah ça, on en a eu, nous.

Clémence pose alors la question qui lui brûle les lèvres :

— Dis-moi, papa, ma mère est-elle toujours vivante ?

— Victoire ? Ah, ça oui ! Elle brodait encore des nappes pour les touristes il n'y a pas si longtemps.

— Mon Dieu ! Où puis-je la trouver ?

— Chez elle, pardi ! Ta *monman* t'attend. À moins d'un kilomètre d'ici. Laëtitia t'emmènera quand tu veux.

— Demain ?

— Bien sûr, ma fille, tu es chez toi ici.

J'observe ma mère à la dérobée. Un étranger lui trouverait l'air placide, presque serein, mais je reconnais, moi, cette veinule sur sa tempe ne battant que les jours de tempête, ses mains tremblantes, son dos cambré par l'effort de maîtrise, la volonté de rester droite et posée quand tout s'affaisse à l'intérieur et lui échappe à l'extérieur.

Les questions de Laëtitia, qui s'étonne gentiment de son amnésie, n'arrangent rien.

— Mais vraiment, tu ne te rappelles pas ? C'est curieux…

— J'étais très jeune. Je revois des poissons… D'étranges lézards, aussi.

— Sûrement des « endormis » de chez nous, des caméléons d'un vert…

— Il n'y a rien dans mes souvenirs, rien de net en tout cas. Je ne reconnais même pas cet endroit où j'ai passé mes premières années… Dans ma tête, ça ressemble à du coton…

— Imprègne-toi des paysages, lui conseille Laëtitia. Traverse-les, absorbe-les, et d'autres images ressusciteront forcément.

— Ça m'étonnerait, réplique-t-elle.

Au retour, Clémence s'est aussitôt assoupie, ronflant comme une bienheureuse sur la banquette arrière. Les vertus lénitives du rhum arrangé… Ma mère soupire pour chasser la tension accumulée dans l'après-midi.

— Jamais je n'aurais imaginé cet homme ainsi ! maugrée-t-elle. Tu as vu toute cette crasse, le taudis où il vit ? Doit-on vraiment y retourner demain ?

— Évidemment ! Et si Clémence ne retrouvait pas sa mère ? Ou si cela se passait mal entre elles ? Tu y as pensé ? Tu dois l'aider, c'est ta petite sœur, ne l'oublie pas. C'est le moment ou jamais…

Ce rappel à ses devoirs d'aînée la trouble, je pousse mon avantage :

— Et puis tu es partie de là… Tu ne veux vraiment pas tenter d'en découvrir plus ?

— Il est trop tard, souffle-t-elle après un long silence. Tu sais comment je me suis construite… Une enfant noire dans un univers de Blancs, une gosse à qui on mentait, qu'on baladait d'une fable à l'autre. À l'adolescence, mon monde a explosé à cause d'une révélation. J'ai dû avancer. J'ai réussi, car si je tenais mes parents naturels pour morts, ceux qui m'avaient adoptée me soutenaient. Le temps a glissé sur moi comme de la craie. Et soudain, des années après, voilà qu'un autre père surgit de nulle part. Un inconnu, une ombre qui m'empêche de croire à mon enfance, vois-tu ? À cause de lui, tout a changé pour moi.

Épuisée, elle pose son front contre la vitre. Je reste muette, incapable de trouver une phrase, un mot, pour l'apaiser. Nous roulons, plongées chacune dans ses pensées, indifférentes au ciel ocellé, au soleil tel un louis d'or, aux cascades, à la végétation folle et aux forêts séculaires bordant des rivières de galets.

Le lendemain, dans la voiture, c'est à Clémence de se montrer nerveuse, d'appréhender les retrouvailles avec sa mère. Elle insiste pour s'y rendre seule avec Laëtitia et nous laisser chez Grand-père, où nous attendent mes oncles. Je comble les silences en racontant la légende du voile de la Mariée, l'une des plus belles cascades de l'île, surgie, dit-on, après le saut dans le vide d'une amoureuse empêchée par sa famille de revoir son adoré. On afflue de toute l'île pour contempler ces parois à pic, ces flots bouillonnants, surplombés par une orgie de chlorophylle. Émerveillée, Clémence prend des photos en rafale. À l'approche de la case, je me penche vers elle.

— Tu es sûre que tu ne veux pas qu'on t'accompagne ?

— Certaine. C'est une histoire entre elle et moi.

Nous nous retrouvons seules, ma mère et moi, avec Carélien, dont la voix recèle cc matin un éclat de fierté.

— Venez, je vous ai préparé des surprises.

Les yeux brillants, il dévoile ses sculptures, un bol ventru et un couvert à salade au bois lisse et régulier. Me revient alors la fable du petit ours qui a bercé mon enfance : « Qui après ma mère a mangé dans ce bol ? » La réponse attendra. Un crissement de freins, un nuage de poussière, et mes oncles s'extirpent d'une voiture trop petite pour leurs carcasses. Ces gaillards qui parlent fort et plaisantent se figent à la vue de ma mère.

— Pauline ! Alors tu nous as retrouvés !

Joseph la saisit par la taille, Michel la soulève de terre en éclatant de rire.

— Il paraît que tu habites Limoges ?

— Je suis venu une fois en métropole, raconte Joseph, j'ai cherché ton nom dans l'annuaire. Il n'y avait rien.

La langue nouée, ma mère dévisage timidement ses frères. Pour la première fois depuis notre arrivée, ses traits s'animent, ravivés par le feu d'une émotion.

— Michel, Joseph… chuchote-t-elle, incrédule.

Plutôt élancée, elle paraît si frêle entre les deux colosses.

— Pour te servir, ma belle ! Et où se cache donc la petite Clémence ?

— En visite chez sa mère. Elle revient bientôt.

— Papa, jubile Joseph, tu te rends compte, tes quatre enfants enfin réunis ! Un beau cadeau d'anniversaire.

J'ignorais que mon grand-père était né en juillet. Il me reste tant à découvrir de cet aïeul et de ces oncles, installés sur des pliants dans la cour, les jambes écartées comme des pachas, une bière fraîche à la main. Telle une louve, retrouvant son instinct, ma mère s'est assise sans façon à leurs pieds.

— Pauline, demande Joseph, tu veux aller voir Maman ?

— Maman ? répète ma mère, perdue.

— Elle repose au cimetière tout près.

Elle me lance un regard effrayé.

— C'est une bonne idée, les enfants, renchérit mon grand-père. Je viens avec vous.

Nous reprenons la route, répartis dans deux voitures. Personne ne semble avoir remarqué le malaise de ma mère. Les lèvres blanches, l'air farouche, elle agrippe mon bras devant l'entrée du lieu, moins sinistre que je ne l'imaginais. D'une blancheur étincelante, les tombes croulent sous les fleurs naturelles, les bouquets artificiels, les ex-voto. Rien de funèbre, contrairement à l'usage en métropole, ici la vie insiste, se faufile entre les centaines de sépultures. Les Réunionnais vouent un culte fervent à leurs ancêtres. Nous cheminons en silence sur un sentier bordé de frangipaniers, penchés vers le sol comme par une main invisible qui nous rappellerait au recueillement, à l'humilité. Des monuments hindous parés de rouge vif ou de rose, des sacrifices, des offrandes chinoises cohabitent harmonieusement. Ce cimetière réunionnais est un voyage à lui seul : les religions s'y côtoient, partagent la même mémoire, patientent dans la même espérance. Nous voilà dans la partie la plus modeste du cimetière, celle où les pirates, m'apprend-on, sont inhumés au voisinage de naufragés de catastrophes maritimes. Parvenus dans une zone de végétation anarchique, où certaines tombes sont si vieilles qu'elles en ont perdu leurs noms, mes oncles forment un cercle.

Famille RIVIÈRE – Ici repose Jeanne Marie Rosalie née POTIN – 1936-1972

— Ma femme, morte à trente-six ans.

L'émotion de mon grand-père nous saisit, atteint ma mère de plein fouet, elle vacille sur ses talons.

— Quinze ans, gémit-elle. J'avais quinze ans à sa mort et je n'en ai rien su.

À nos côtés, les oncles s'affairent, domestiquent les herbes folles, chassent les insectes de la stèle blanche. Chancelant, mon grand-père s'adosse à un muret colonisé par des margouillats indifférents.

— Ah, ma petite ! Ton départ a brisé ta maman. Il y avait bien les garçons à élever, et qui nous apportaient de la joie, mais c'était autre chose.

À ma grande surprise, ma mère effleure le nom de Jeanne de ses doigts sur la pierre tombale.

— L'histoire aurait pu s'écrire différemment, glisse-t-elle doucement.

— Oui… Nous aurions pu tous vivre ensemble. Pauvres mais unis, heureux.

— Mais je ne comprends pas, lance-t-elle en fixant son père. Comment avez-vous pu me laisser partir avec Clémence ?

Je m'approche discrètement pour ne rien perdre de cette explication cruciale qui m'a toujours échappé.

— On avait du mal, avec ta maman, ma Pauline. Moi tout le temps aux champs, elle souvent malade, la vie était dure. On s'inquiétait pour ton avenir et celui de Clémence. Les assistantes sociales nous ont assuré que vous ne manqueriez de rien, que vous feriez des études…

— Et alors ?

— On s'est dit pourquoi pas, après tout ? On était naïfs. Et puis la dame avait bien préparé son discours, elle a même prétendu nous laisser trois mois pour réfléchir. On avait confiance… Vous confier, pour nous, ce n'était pas vous abandonner.

D'un geste, mon grand-père invite ma mère à approcher. Elle lui obéit et vient s'asseoir tout près de lui.

— On a signé avec notre pouce, comme des malheureux. Comme beaucoup.

Les larmes de ma mère s'irisent. Elle essuie ses joues pleines d'eau. Son armure se fendille sous nos yeux ; je détourne les miens, refoule mes larmes, refuse de lui voler son chagrin.

— Après quelques semaines, vous nous manquiez tellement que nous sommes venus vous récupérer au centre de rétention.

Carélien s'interrompt, cherche ses mots, comme s'il revivait la scène.

— Une femme nous a reçus, l'air mauvais, méprisant. Elle nous a lancé que vous étiez parties… Envolées ! On aurait dit que ça lui faisait plaisir…

— Et vous n'avez pas protesté, remué ciel et terre, tenté de nous récupérer ?

— Bien sûr que si. Nous avons demandé à des voisins d'écrire aux autorités. On les a même accompagnés à la poste pour voir le courrier partir. Aucune réponse. Que fairc d'autre ? À l'époque, nous n'avions pas de quoi monter dans le bus. Alors prendre l'avion pour la métropole, c'était impensable.

— Papa et Maman ont appris à écrire dans nos livres d'école uniquement pour vous envoyer une lettre, précise Michel. Une par semaine, pendant des années, adressée à la DDASS. Vous n'avez rien reçu ?

— Pas un mot.

Nous fixons le rectangle blanc de la tombe, les yeux habillés d'absence.

— Depuis, ça a été le vide, conclut mon grand-père. Un chagrin plus grand que la Terre a englouti ma Jeanne.

Ma mère se saisit furtivement de la main du vieil homme et la serre un moment. Mon grand-père la caresse du regard.

— Ça me fait du mal et du bien à la fois de parler de tout ça.

Tous restent silencieux, plongés dans leurs pensées.

De retour à l'hôtel, ma mère me prie de la suivre dans sa chambre.

— Je m'en veux à un point que tu n'imagines pas… Si tu savais comme j'ai méprisé cet homme ! Quand tu m'as appris qu'il vivait encore, j'ai cru qu'il s'était débarrassé de moi et de Clémence, qu'on nous avait reniées. Mais aujourd'hui, je ne sais plus qui je suis. Une fille d'ici ? Une femme de là-bas ? Et si je n'étais plus rien, qu'une étrangère à La Réunion comme à Limoges ?

— Maman, donne-toi du temps. Du temps pour repriser le tissu déchiré. Maintenant, au moins, tu sais.

— Oui. Et c'est grâce à toi.

Comment renouer avec son enfance, jeter un pont vers celle qui a quitté l'île il y a si longtemps ? Cet homme est mon père, il incarne mon passé. Il va m'ouvrir les portes, me parler de celle qui m'a mis au monde, des frères que je n'ai jamais côtoyés. Sur ce chemin, je veux essayer de le suivre, me laisser guider. Je n'oublie pas la Creuse, je ne coupe aucun lien, je réunis mes racines.

Dernière soirée sur l'île. Pour l'occasion, mes oncles ont organisé un *kabar*, une fête rassemblant la famille et les amis sur la plage. Les épaules dénudées, Clémence rayonne dans une robe rouge. Ma mère a choisi une tenue blanche mettant en valeur son teint. Moi, j'ai glissé une fleur d'hibiscus dans mes cheveux. Inlassablement, mes oncles font les présentations avec les convives, sans jamais évoquer le passé, la séparation. Des enfants retroussent leurs pantalons pour profiter de l'eau tiède et caressante, malgré la saison. Au milieu trône mon grand-père, comme un roi de rien dans un fauteuil en rotin. On sert des tomates en sauce et un cari-camaron[1] dans des grandes bassines. Bientôt, des musiciens posent leurs instruments sur une estrade improvisée. Aux premiers rythmes de reggae, des jeunes gens accourent vers la scène, entament des danses dans l'air saturé d'effluves de mijoté et de thym. Au milieu, euphorique, Clémence s'attire les regards et les vivats. Sa rencontre avec sa mère a eu l'évidence comme bonne fée. Elles se sont retrouvées et ne se

1. Crevettes préparées avec des tomates et du safran, à la façon créole.

quittent plus. Victoire la suit sur la piste, comme si elle ne voulait plus la perdre de vue une seconde. Je prends des photos pour mon père et Sébastien quand un inconnu m'apostrophe.

— C'est toi qui as ramené ta mère au pays ?

— Exact.

Ses sourcils se froncent.

— Quand même, elle est revenue drôlement instruite, et sa sœur aussi. Alors de quoi vous vous plaignez ? Ça valait le coup, non ?

Mon sourire se fige devant tant de hargne. Avant de s'éloigner, il me glisse :

— Ils ont eu la vie plutôt facile, ces gosses-là... Alors pourquoi revenir, si ce n'est pour nous narguer, nous en mettre plein la vue... ou peut-être mettre la main sur le peu de terres qu'il nous restait ?

Cette remarque assassine me laisse sans voix. Suspecter les enfants exilés de retrouver leurs racines par intérêt financier ! Quand leurs familles sont si pauvres... Combien de Réunionnais pensent comme ce type ? Je n'avais pas la naïveté de croire que tous étaient reçus avec des guirlandes de fleurs à leur retour, mais une telle hostilité me navre. Décidément, cette histoire excite les instincts les plus bas de certains.

— Tu étais où ? me demande Clémence. On t'attendait pour s'amuser.

Les chanteurs ont changé de registre pour des ballades sucrées à base d'amour éternel, de cieux flamboyants sous les palmiers. À l'écart, ma mère s'empresse auprès de mon grand-père, lui sert une assiette fumante, lui apporte une serviette, s'en occupe comme d'un vieil enfant, tous deux renouant ainsi, et seuls au monde, le cycle des générations. Quand mes yeux croisent les siens, elle me décoche un sourire de connivence.

Tout d'un coup, mon regard accroche une longue silhouette tenant un casque à la main. Sully ! Il me fait signe. Je le rejoins en feignant une indifférence qui ne le trompe pas.

— Que fais-tu là ?

— Moi ? répond-il innocemment. Je ne rate jamais un bon *kabar.*

Je le fixe, incrédule, bouleversée.

— Pour tout te dire, ta tante Laëtitia m'a invité. J'avais besoin de te revoir, de te parler. Beaucoup de choses ont changé pour moi. Marchons un peu, veux-tu ?

Laëtitia, à qui rien n'échappe, m'adresse un signe de pouce victorieux. Le sable est frais et ferme sous mes pieds. J'entre avec lui dans une nuit qui contient toute la beauté du monde et n'appartient qu'à nous.

Épilogue

Mon premier article dans la presse régionale sur ce scandale d'État débutait ainsi :

On estime à plus de deux mille le nombre d'enfants qui entre 1963 et 1982 furent arrachés à leur île, La Réunion, et placés dans quatre-vingt-trois départements français, dont une majorité en Creuse. Cet exil forcé s'est poursuivi dans l'indifférence : seul le journal communiste local, Témoignages, *s'en est indigné dès 1968. En métropole,* Libération *évoque pour la première fois une « déportation d'enfants » en 1973. Il a fallu attendre le début des années 2000 et la plainte d'un ex-mineur réclamant à l'État un milliard d'euros pour que l'affaire des enfants de la Creuse soit enfin médiatisée. Depuis, les plaignants ont tous été déboutés, même devant la Cour européenne des droits de l'homme. À partir de 2000, des associations de victimes se sont créées. Elles érigeront une statue représentant l'exil d'un frère et d'une sœur à l'aéroport de Saint-Denis de La Réunion, là d'où tous partirent pour l'inconnu.*

Et ce mardi-là, le 18 février 2014, nous nous sommes réveillées bien avant l'aube, ayant peu ou pas dormi. À la fenêtre de notre chambre d'hôtel, le ciel parisien et ses lourds nuages bordés de noir planaient sur nos cœurs déjà serrés, enveloppés dans le souvenir du sourire de mon grand-père, Carélien, qui aurait tant souhaité assister à ce grand jour. Il est parti il y a deux ans, paisiblement, dans son sommeil, et nous l'avons couché à côté de sa Jeanne pour l'éternité dans le cimetière aux frangipaniers. L'ouverture de la séance parlementaire approche. L'estomac noué par l'attente, nous n'avons avalé que des cafés avant de monter dans le bus direction l'Assemblée nationale avec ma mère, ma tante, mon père et mes deux filles. Non, je ne les ai pas eues avec Sully. Malgré les appels et les lettres, notre liaison n'a pas résisté aux écarts de latitude. Mais il est demeuré dans ma vie un ami irremplaçable, celui qui m'a ouvert les portes de La Réunion et celles de notre histoire familiale. Quelques mois après mon retour de l'île, j'ai rencontré Joseph, un métis de la Guadeloupe, alors que je couvrais un salon du tourisme. Joseph, qui est devenu mon mari, dirige un site à l'intention des personnes en quête de leurs racines et souhaitant approcher les Dom-Tom d'une manière originale. Un créneau attractif. Nos filles se prénomment Jeanne et Pauline. Façon d'honorer ma grand-mère et de faire revivre le premier prénom de ma mère. Et elles ont Sully pour parrain.

En silence, nous progressons dans la cour pavée, face aux colonnes du palais Bourbon. La solennité des ors de la République et le faste de l'hémicycle nous impressionnent moins que l'objet des débats du jour. Sur les strapontins de velours rouge, dans la tribune réservée au public, je sens ma mère trembler et Clémence respirer fort à mes côtés. Heureusement, nous ne sommes pas seuls, de nombreux visages familiers sont apparus à nos côtés. D'autres enfants exilés, d'autres destins mutilés que nous avons découverts pendant nos différents séjours sur l'île. Nous formons désormais une vraie communauté. Nous nous sommes tant battus pour exister ! Je ne compte plus les week-ends passés à nous raconter nos histoires, à combler les trous de notre lignée, à chercher ou à affiner la vérité. Il a fallu trouver des contacts, monter des dossiers administratifs, soutenir les uns et les autres dans leurs enquêtes et leurs démarches ! Et là, surprise, ma mère a trouvé sa place dans le groupe des enfants exilés. Elle s'est enfin sentie comprise, reconnue, acceptée, et s'est à son tour ouverte, investie dans ce combat. Elle n'est plus l'enfant murée, rageuse, diminuée d'autrefois. Forte désormais, elle s'est allégée d'un poids de silence. Je suis fière du chemin parcouru.

Quand la députée socialiste de La Réunion, Ericka Bareigts, monte à la tribune dans son chemisier blanc et sa veste cintrée noire, nous retenons notre souffle. Ericka a très tôt bataillé à nos côtés. D'une voix forte, vibrante, elle retrace le sort d'enfants victimes d'une politique inhumaine, les dérives, les manquements de la nation française à leur égard. À droite, certains députés s'agitent, donnent de la voix, huent son discours dans les travées. Imperturbable, la députée énumère les mensonges, revient sur la souffrance, le traumatisme des exilés et parle pour la première fois, comme le ministre de l'Outre-mer, Victorin Lurel, de faute et d'un ardent devoir de mémoire. Pour ces personnalités, rien ne saurait justifier cette « sinistre opération, cette politique du déracinement ». Ma mère tressaille mais se détend insensiblement à chaque mot. À un moment, elle ouvre sa main, découvre ce qu'elle y a dissimulé : un petit fétiche en bois, un dauphin sculpté, jadis offert par un garçon perdu. Je sors alors de mon sac un autre dauphin, donné par mon grand-père, et qui ne me quitte pas. Nous échangeons un sourire. Seize ans ont passé depuis que les premiers échos de cette histoire incroyable ont retenti dans notre cuisine. Seize années au cours desquelles nous avons retrouvé notre famille d'au-delà des mers et Clémence, l'alter ego de ma mère, la sœur, longtemps fantôme, avec qui elle aurait dû grandir.

Le vote final approche. Les mots résonnent sous les dorures, se cognent aux murs, aux consciences, perforent nos cœurs. Par cent vingt-cinq voix contre quatorze, l'Assemblée nationale reconnaît solennellement que « l'État a manqué à sa responsabilité morale envers ces pupilles ».

Tous les six, nous nous enlaçons, exultant au milieu des acclamations. Soudain, une rumeur nous fait sursauter et nous emporte. Debout, les députés applaudissent des enfants devenus grands, en marche vers l'avenir et désormais en paix.

*
* *

Une commission mise en place en février 2016 a permis d'établir un bilan du nombre d'enfants concernés et de faire la lumière sur cette sombre affaire.

Tout récemment, le président de la République, Emmanuel Macron, a estimé « que la politique menée à cette époque était une faute car elle a aggravé dans bien des cas la détresse d'enfants qu'elle souhaitait aider ».

Remerciements

Je tiens à remercier la Fédération des enfants déracinés des départements et régions d'outre-mer (FEDD) et sa vaillante secrétaire, Valérie Andanson, qui m'a généreusement guidée à travers les méandres de cette histoire et m'a ouvert les portes d'une communauté unie.

Sans Jessie, Marie-Thérèse, Marie-José, Jean-Luc, Magali et tous les autres enfants exilés de force qui m'ont raconté leur vécu souvent douloureux, je n'aurais jamais pu écrire ce roman. Je leur dois tant.

Ma reconnaissance va à Jean-Philippe Jean-Marie de l'association Rasinn Anler qui, à la Réunion, m'a pris sous son aile et m'a expliqué les enjeux de cette terrible histoire, économiques, politiques et bien sûr psychologiques.

Un grand merci à Camille Bessière, qui très gentiment m'a servi de guide à la Réunion et m'a fait découvrir une île à mille lieues des clichés touristiques.

Je salue le travail de Ghislaine et Philippe Bessière, qui ont bien voulu corriger le créole dans ce texte.

Enfin, toute ma gratitude à mon éditrice de choc, Céline Thoulouze, dont l'enthousiasme, la confiance m'ont toujours soutenue, même et surtout dans les moments de doute.

DE LA MÊME AUTEURE

Entre 1939 et 1967, de Paris à Toulouse et de New York à Tel Aviv, l'extraordinaire destin de deux êtres fracassés par la guerre.

Rien ne prédestinait Simon et Léna à se rencontrer. Lui appartient à la bourgeoisie juive parisienne, patriote, laïque et assimilée ; il a été maquisard et blessé au combat. Elle est issue d'un milieu de petits commerçants polonais et a réussi à survivre au ghetto de Varsovie.

En 1945, la guerre leur a tout pris. Chacun de leur côté, ils vont accepter une mission très particulière : rechercher des enfants juifs cachés par leurs parents dans des familles, des orphelinats ou des couvents, quand il s'avère que ceux-ci ne rentreront pas des camps.

C'est l'histoire de deux jeunes révoltés qui, dans une France exsangue, vont se reconstruire grâce à la force de l'amour.

8,50 euros
368 pages

Lorsqu'elle apprend l'accident qui a coûté la vie à sa mère, une jeune femme voit son monde exploser. Tout se délite et s'obscurcit dans le ciel de sa mémoire. L'onde de choc atteint ses enfants et son mari. Pour enrayer cette chute libre, il lui faut partir vers Le Chambon-sur-Lignon, ce village qui fut héroïque pendant la Seconde Guerre mondiale, tenter de se retrouver loin de chez elle pour sauver les siens.
Récit d'un crash intime, d'une fugue maternelle sur les traces d'un silence familial, *Sans oublier* raconte comment, pour devenir mère, il faut d'abord cesser d'être une fille.

7,50 euros
300 pages

New York, 1970.
Shawn Pepperdine a 19 ans et d'autres ambitions que finir en prison, comme la plupart des jeunes de son entourage. Mais Harlem n'est pas Manhattan et quand il assiste, une nuit, au meurtre de son meilleur ami rattrapé par ses trafics douteux, il n'a d'autre choix que fuir. C'est dans les sous-sols du Dakota Building, l'immeuble le plus mythique de Manhattan, où cohabitent stars et anonymes fortunés, qu'il trouve refuge. Tandis que les jours passent et que les années 1970 font leur révolution dans les rues de Manhattan, Shawn devient portier du célèbre immeuble, aux premières loges pour assister à la naissance d'un nouveau monde.
Derrière les murs qui la protègent, l'élite new-yorkaise sera-t-elle épargnée par la violence de l'époque ?

8,50 euros
432 pages

Il n'y a pas d'hommes libres sans animaux libres.
Ils ne se connaissent pas et pourtant, en cette journée caniculaire de septembre 1916 dans une petite ville du Sud des États-Unis, ils assistent parmi la foule au même effroyable spectacle : l'exécution par pendaison d'une éléphante de cirque, Mary, coupable d'avoir tué un homme. Cette vision bouleversera la vie d'Arabella, de Kid et de Jeremy.
De l'Amérique qui entre en guerre au Paris tourbillonnant des années 1920, des champs de bataille de l'Est de la France aux cabarets de jazz, des pistes de cirque jusqu'au Kenya dissolu des colons anglais, ces trois êtres devenus inséparables vont se lancer sur la trace des éléphants au cours d'une prodigieuse expédition de sauvetage.
Dans cette éblouissante saga, une jeunesse ivre d'amour et de nature livre son plus beau combat pour la liberté des animaux et celle des hommes.

7,50 euros
272 pages

Paris, hiver 1939.
Hannah et Suzon vivent dans le « petit Istanbul », un quartier populaire du XIe arrondissement. Elles s'aiment comme on s'aime à dix ans, d'une amitié solaire, loin des lâchetés et de la barbarie des adultes. Quand la guerre éclate, elles découvrent le marché noir, les sirènes qui hurlent et les rafles. Pour Hannah, juive, c'est la peur, l'expropriation et l'exil en Turquie, pays natal de ses parents ; pour Suzon, c'est encore la protection du douillet appartement familial.
La guerre terminée, les deux jeunes filles se revoient, mais leur monde a disparu. Tant bien que mal, elles tentent de retrouver la complicité des après-midi sucrés de leur enfance, avant que l'horreur ne les emporte. Jusqu'au jour où Hannah découvre un terrible secret. Leur amitié résistera-t-elle à ce que la guerre a ruiné ?

8,50 euros
288 pages

Cet ouvrage est composé de matériaux issus de forêts gérées durablement certifiées PEFC™.
Le Programme de reconnaissance des certifications forestières (PEFC™) est le plus grand organisme mondial indépendant de contrôle pour une gestion durable des forêts.
Pour en savoir plus, consultez le site www.pefc-france.org

PEFC PEFC/14-38-00277

Achevé d'imprimer en décembre 2022
par Novoprint
Dépôt légal : janvier 2023

Imprimé en Espagne